Une écolière,

Des moutons,

Un berger,

Une histoire d'amour

Dans la cour de

La Feularde...

André Lejeune

Préface.

1920... Il y a un siècle le pays sortait tout juste du premier conflit mondial qui a vu un nombre incalculable de victimes. En plein pays de Beauce la vie continue. Le monde agricole vit comme au siècle précédent dans la plupart des petites exploitations. Certaines familles survivent plus qu'elles ne vivent. La main d'œuvre est le poumon des fermes, avec ses relations humaines, amoureuses, orageuses...

Germaine qui a perdu deux frères à la guerre, remplace presque un homme à la ferme familiale et elle est attirée par un troupeau de moutons ambulant...

Un village traversé par une ligne de chemin de fer, des fermes isolées, une école, des commerçants et des artisans : la vie des années vingt en Beauce.

La vie de cette famille est évidemment totalement fictive. Néanmoins elle est située dans des lieux réels autour de la commune de Péronville. La ferme de la Félarde m'a semblé être un lieu idéal pour cette tranche de vie. Selon la formule habituelle, toute ressemblance avec des personnes réelles serait totalement fortuite. Vous retrouverez néanmoins des noms de lieux que vous pourriez connaître. Ce sont les seules références à la réalité. Par contre j'ai conservé l'orthographe ancien du nom « La Feularde » le EU ayant été remplacé au cours des ans par un E avec accent.

J'ai demandé aux propriétaires actuels de cette ferme, l'autorisation de situer cet histoire dans leur propriété. La famille de madame Dreux m'a confirmé cette autorisation début juillet 2014.

Mes souvenirs personnels du monde agricole, ainsi que ceux de mon épouse, m'ont aidé pour créer mes personnages. Je dois aussi remercier, pour certains détails, Gérard Boutet. La lecture de « La France en héritage » et de ses nombreux autres ouvrages contant des rencontres est un vrai puits de sciences de la vie agricole et d'histoires vécues qui font référence pour ne pas écrire des contre-vérités.

Les cartes postales représentant des bergers avec leurs cabanes m'ont été offertes avec autorisation de reproduction par Muguette Rigaud, responsable de l'association des Cartophiles du Loiret, collectionneurs de cartes postales anciennes sur la vie rurale en Beauce et en pays orléanais.

Aux beaux jours

Une journée ordinaire commence à la Feularde. Les ouvriers sont à leur travail et les parents sont installés dans la cuisine. Alphonse est assis à sa place au bout de la table. Blanche range le balai après avoir jeté les miettes dehors. Elle vient s'asseoir face à son mari et lui demande

— Alphonse c'est bientôt la Saint Jean. Vas-tu aller à la louée à Châteaudun pour la moisson ? Tu sais que Louis marche de moins en moins vite avec les chevaux. Et puis, il ne sait pas encore bien entretenir la nouvelle lieuse. Albert son second commence à se débrouiller pas trop mal, pour la moisson il pourra mener seul. Le vacher, Jean, lui est costaud, il sera bon pour être dans une équipe dans les champs. De plus il ne boit pas. Alors tu fais quoi ?
— Blanche, je vais voir pour ne prendre que deux bons costauds. Normalement je dois avoir la semaine prochaine la visite de Fernand, tu sais

celui qui nous bine les betteraves, il vient tous les ans fin juin. Et peut-être une ou deux femmes pour tasser. Faudrait qu'ils soient tous de la même famille pour limiter les problèmes. Mais j'irais plutôt à Patay, il y aura des Solognots, ils ne sont pas fénéants.
-- Enfin tu réfléchis !

La vie va son train-train dans la ferme des Brugeot en cette mi-juin. Il est bientôt dix-huit heures. Dans le chemin qui vient de la route de Puerthe un bruit de pas de bêtes monte lentement. C'est Jean qui arrive avec les vaches. Il y en a dix, qui donnent du lait, et trois génisses qui suivent. Elles étaient restées, comme chaque jour, à passer leur journée à brouter dans la pâture close de trois rangs de fils barbelés. Les trois cents mètres sont parcourus sur la banquette enherbée du chemin de pierres. Les bouses des bêtes marquent leur passage journalier sur une trace où l'herbe a disparu par leur piétinement. Elles traversent la cour et rejoignent l'étable puis s'installent côte à côte à leurs places habituelles. Jean qui a refermé la porte derrière elles, les attache à la chaîne. Ce bruit attire l'attention de Germaine, la fille de la maison, seule fille du couple et née bien après ses frères. Elle termine ses devoirs. Dans quelques jours elle passera les épreuves du certificat d'études. Elle se lève de la table de la cuisine, plie son cahier et va ouvrir la fenêtre. Elle se penche et regarde. Son visage exprime une déception. Sa bouche fait la moue, Germaine referme la fenêtre et se dirige vers la porte. Voyant sa mère, elle lui dit qu'elle va donner à manger aux lapins dans les cabanes au fond de la cour. Elles sont à l'abri sous un appentis en maçonnerie qui sert en partie de clôture au potager. Elle ouvre la porte en grillage dans son cadre en tube de fer. Au coin de l'appentis, Germaine prend une brassée de luzerne sèche et quelques fanes de carottes puis en pose une poignée à chaque famille de rongeurs à grandes oreilles. Il y en a plein de différents parmi la trentaine de cages. Ceux qu'elle préfère sont les énormes géants de Flandre. Beaucoup sont issus de croisements faits dans la ferme ou avec un mâle acheté lors du marché ou chez un voisin. De temps en temps, la race est aussi renouvelée par l'apport d'un garenne attrapé au filet avec un furet. Sa distribution terminée, elle refait un tour en remplissant d'eau les gamelles.

Avant de retourner à la maison, elle va au vieux fût, lève le couvercle et prend cinq ou six poignées de petit blé qu'elle lance devant les poules qui caquettent de joie et picorent le grain. Germaine quitte la cour et revient dans le potager. Elle est pensive et jette un regard vers la plaine, tend l'oreille mais n'entend pas ce qu'elle espère. Seul le sifflet de la locomotive à vapeur retentit à plusieurs reprises : le train va vers Châteaudun et a franchi les passages à niveaux de Puerthe. Elle rentre à la maison et rouvre son cahier.

Louis vient d'ouvrir les yeux. Il est quatre heures et quart. Le soleil commence à montrer ses rayons sous quelques nuages. Il secoue Albert qui dort à côté. C'est à son second de s'occuper des chevaux avant le petit déjeuner. Albert avec sa casquette vissée de travers va directement à l'écurie. A son entrée, les cinq percherons tournent la tête et la secouent de haut en bas puis de bas en haut comme pour le saluer. Leurs queues brassent l'air et chassent les quelques mouches qui tournent sur leur postérieur. Il va de l'un à l'autre, les flatte d'une tape sur l'arrière train puis leur donne à chaque une belle poignée de luzerne coupée la semaine dernière. Un par un, il les sort pour les faire boire au bac qui est devant l'écurie. Il est rempli par les eaux de pluie. Il les rentre puis les attachent devant leurs auges. Louis sort à son tour et vient vérifier que tout va bien puis va rejoindre les patrons. Albert le suit de près. C'est à ce moment que Jean arrive tenant dans chaque main l'anse d'un seau d'eau qu'il a tirée du puits. C'est son premier travail du jour. Un bol fumant de mauvais café, une tranche de pain rassis, un peu de beurre et un morceau de cochon composent ce déjeuner matinal. L'angélus du matin sonne au clocher, il est six heures.

Louis se lève le premier de table et annonce qu'il va faucher le foin sur le chemin de Lislebout au coin de la route de Dessainville.

— J'ai fait les enrayures, hier avant de rentrer, à la

faux, je pense que ce soir je ne serais pas loin de finir avec la javeleuse.

Alphonse le regarde d'un œil noir et se retient de lui faire des remarques. Malgré tout, il lui demande de finir absolument quitte à sauter le repas de midi. Louis ne dit rien, soulève son chapeau, le repose et part vers l'écurie. Albert le suit pour l'aider à atteler les chevaux sur la javeleuse et part sous la grange. Jean qui a terminé son bol se met debout. Alphonse l'interpelle

— Dès la fin de la traite, le lait rangé au frais dans la laiterie, tu mèneras les vaches comme hier puis tu cures l'étable. Ça fait au moins trois jours que tu ne l'as pas fait ! Allez, hop ! Que ça saute

Jean grogne sans ouvrir la bouche, secoue la tête puis s'en va à son tour.

Alphonse met sa veste et sort en tirant la jambe. Il s'arrête à un mètre de la porte et, comme un chien qui découvre un nouvel espace, il hume l'atmosphère. Après quelques secondes d'hésitation il se dirige vers la grange où Albert est entré. Sans faire de bruit il franchi la petite porte et regarde ce qu'il fait. Il est rassuré : son second trie les liens en seigle pour aller lier les javelles. Il en fait une belle botte, prend un broc et un crochet et fait un sursaut en se retournant en voyant son maître arrivé juste à côté de lui. Alphonse lui demande de préparer son cheval, Vaillant, avant de rejoindre Louis dans le champ.

Une nouvelle journée ordinaire commence à la ferme. Pas un sourire ou un mot aimable entre les adultes, Alphonse qui n'a jamais eu un bon caractère est devenu encore plus taciturne depuis la mort de ses deux aînés au début de la guerre contre les Allemands il y a maintenant six ans. Le troisième, Raymond, plus jeune, est encore à l'armée et il espère qu'il sera libéré pour la moisson dans trois ou quatre semaines. Alphonse tire la patte : un coup de pied de cheval il y a plus de dix ans lui a laissé une jambe raide. A la maison il ne reste plus que Germaine, la petite dernière. Blanche la couve un peu trop à son goût mais il lui pardonne de reporter sur elle son affection des grands, disparus trop jeunes.

Justement, la porte du couloir s'ouvre et Germaine en chemise de nuit de coton montre le bout de son nez. D'un pas lent, elle s'avance jusqu'à la table et s'assoit. Elle passe la main dans ses cheveux ébouriffés, baille et demande son bol à sa mère et une tranche de pain. Le bol fumant est servi rapidement, la cafetière étant restée sur le coin de la cuisinière que Blanche avait allumée dès son arrivée dans la cuisine. La chaleur qui s'en dégage est appréciée même en cette saison relativement chaude. Germaine beurre sa tartine et mange. Sa mère la regarde attendrie et vient lui caresser les cheveux en lui demandant si tout va bien et si elle a bien appris ses devoirs pour ses dernières journées d'école. Germaine mange tranquillement et vide son bol à petites gorgées. Elle se lève et va voir à la fenêtre ce qui se passe dans la cour. Elle voit Louis partir avec la javeleuse et Albert étriller Vaillant, le cob normand, attaché à l'anneau à côté de la porte de l'étable des vaches. Le cheval ne semble pas particulièrement apprécier et tape du sabot sur le sol.

Alphonse, de sa démarche oscillante, vient voir de plus près et demande à Albert d'arrêter pour qu'il vérifie les sabots. Chaque pied est inspecté et reposé.

— Tu me les nettoies tous comme il faut ! Tu n'as même pas vu qu'il y a encore de la terre sur les arrières !

Albert baisse la tête, maugrée dans ses lèvres, hausse les épaules et reprend le passage de l'étrille sur le dos du cheval. Il n'est à la ferme que depuis deux ans et il est encore un peu novice pour les chevaux. Cinq minutes plus tard, il rentre le cheval à sa place dans l'écurie, récupère son broc, son crochet, sa botte de liens et part rejoindre Louis.

Germaine n'a pas dit un mot et repart dans sa chambre. Elle revient un quart d'heure plus tard habillée d'une robe bleu foncé, les manches de son chemisier plus clair tombent jusqu'à ses poignets. Elle a brossé ses cheveux et demande à sa mère de lui faire des nattes. Son sac d'école n'est pas trop lourd ce matin. Sa mère lui donne le sac de toile de lin qui contient son repas de midi qu'elle mangera chez sa tante qui habite à quelques dizaines de mètres de l'école. Dans sa gamelle émaillée, il y a une part de rata avec une cuisse de poulet. Au moment de partir sa mère lui demande de prendre sa cape, l'orientation du vent ce matin lui faisant craindre la pluie pour la fin de la journée.

Les sabots de Germaine claquent sur le chemin vers le bourg. Elle voit au loin, vers l'est, le moulin dont les ailes ne tournent plus depuis la mort du meunier. Au loin un panache de fumée sombre annonce l'arrivée du train de Patay. Germaine sait qu'il est huit heures et quart, si le train est à l'heure. De son pas lent mais régulier elle avance, l'esprit ailleurs. Sa tête regarde au loin vers Puerthe et Bazoches. Elle ne voit pas ce qu'elle cherche. Peut-être au retour ce soir ! Pas de camarades d'écoles pour l'accompagner : elle est seule pour parcourir près de deux kilomètres sur ce chemin empierré avec plein de nids de poule et d'ornières tracées par les roues des voitures ou des tombereaux. Au passage à niveau, elle s'arrête pour caresser le chien de Juliette, la garde barrière qui est déjà à son poste pour fermer les barrières. Germaine a appris à faire du vélo dans la cour de la ferme. Ses parents ne veulent pas qu'elle le prenne pour aller à l'école, le chemin plein de trous pourrait lui faire perdre l'équilibre.

A l'entrée du village, elle aperçoit deux copines qui sortent de chez elles à trois maisons de là. Elle les hèle et la réponse se fait avec des grands gestes des deux bras. Germaine accélère le pas et les rejoint. Elles se font une bise sur les deux joues et repartent vers l'école en chantant. Avant d'arriver, Germaine abandonne ses copines pour traverser la rue et porter sa gamelle pour son repas de midi à sa tante. Dix minutes plus tard la quarantaine d'enfants entrent dans la classe.

Alphonse arrive dans la grange, s'approche du cabriolet. Rapidement avec un plumeau il époussette les sièges puis prend un chiffon pour astiquer les cuivres, les anneaux pour les rênes, les supports des marches et les deux lampes. Il frotte sommairement les limons avec un morceau de vieille couverture en laine. Il vérifie les roues puis avec une brosse dure, il élimine les traces de terre ou de boue. Il demandera certainement de repeindre les fers des roues à Jean. À l'instant où il sort, Alphonse le voit revenir de la pâture et le regarde se diriger vers l'étable qu'il doit curer. Il se recule et se met à observer son vacher.

Blanche sort de la maison avec du linge plein les bras. Elle traverse la cour et va vers le potager, elle s'arrête devant la porte du four à pain qui est aussi celle de la buanderie où elle fait bouillir le linge sale dans le chaudron de fonte. Elle fait trois aller et retour au puits pour le remplir d'eau. Elle y jette le linge avec une poignée de paillettes de savon de Marseille. Elle a sous la main tout pour allumer le feu : un vieux journal, des brindilles de petit bois et quelques bûches fendues. Elle retourne à la maison pour prendre des allumettes et revient allumer le feu. Au bout de quelques instants la fumée sort de la cheminée. Blanche fait un tour par le potager et arrache une poignée de carottes et cueille une laitue puis revient à la cuisine avec les légumes pour midi. Elle retourne voir son feu sous le chaudron puis va préparer ses légumes.

Alphonse, boitillant et s'appuyant sur sa canne va vers l'étable. Il veut voir comment Jean s'y prend pour nettoyer et sortir le fumier. Il le voit avec la fourche et le balai de bouleau avancer de l'entrée vers le fond. La brouette est pleine. Jean empoigne les mancherons, sort en bousculant presque Alphonse qui se recule dans l'angle de la porte. D'un grand élan, Jean pousse son chargement sur le tas, soulève la brouette et la vide d'un coup. Il recule et revient dans l'étable pour un autre tour. Alphonse le regarde encore deux trois minutes puis repart vers la maison. Il hausse les épaules en marmonnant. Il regarde le tas de fumier : il faudra que son vacher étale mieux ce qu'il sort de l'étable.

Il se rappelle il y a trois ans quand il l'a recueilli. Il avait onze ans. C'est un des ses neveux, il n'avait plus de parents, son père mort dans les tranchées en dix-sept et il avait vu, l'année d'après, sa mère mourir devant lui encornée par leur seule vache. Le gamin est marqué à vie et depuis cette date il ne parle plus. Alphonse et Blanche y sont maintenant habitués et essayent de ne pas trop le gronder lorsqu'il ne travaille pas ou mal. Ce sont malgré tout des bras pour la ferme. À l'instant où il arrive à la porte de la maison, il voit Jean reposer la brouette vide et se diriger vers la grange. Alphonse lui demande aussitôt ce qui se passe. Jean lui fait des signes en agitant lentement les bras de haut en bas puis de bas en haut comme pour dire lentement ou laisse moi tranquille ! Il entre dans la grange, en ressort aussitôt avec une botte de liens en seigle et part sans demander son reste. Alphonse lève sa canne et crie pour le stopper. Il lui dit que ce n'est pas lui qui va lier les javelles, Albert y est déjà, et qu'aujourd'hui c'est dans le potager qu'il travaille. En grognant Jean fait demi-tour, pose la botte de liens à la porte de la grange puis va vers le potager en empoignant sa binette au passage. Ayant vu que Jean est bien parti dans le potager, Alphonse rentre à la maison et s'installe à la table. Il regarde Blanche qui prépare le repas.

Tout le monde arrive cinq minutes après que l'angélus de midi a sonné au clocher. Le repas est vite avalé et chacun repart à son travail. Ce que Louis et Albert ont dit sur l'avancement de la coupe du foin semble convenir à leur maître. Il est à peine treize heures quand tous sont repartis.

Alphonse enfile sa veste de toile bleue, prend son portefeuille dans l'armoire de la chambre et le glisse dans la poche intérieure de la veste. Il sort et attelle Vail-lant au cabriolet. Un quart d'heure après le pas du cheval résonne sur le chemin vers Lislebout. Avant le croisement avec le chemin de Dessainville, il regarde sur sa droite et, de loin, observe ses charretiers sur et derrière la javeleuse. Il ne s'arrête pas et quelques minutes plus tard, il traverse Loupille. Le chemin est toujours aussi cahoteux vers La Chapelle mais s'améliore avant Patay. Il y arrive en entendant le clocher sonner deux heures et demie. Il va directement route de Saint Péravy voir le père Pousset, son marchand de matériel agricole. Il vient lui demander de venir à la ferme vérifier la moissonneuse-lieuse avant qu'elle entre en action le mois prochain. Alors qu'il en est à quelques mètres, Vaillant, son cheval fait un bond et s'arrête. Un grand bruit résonne non loin de là. Alphonse reste figé un instant sur son siège, tire sur les rênes et descend. Il les reprend en main et les attache à l'arbre juste à côté et va voir. Une fumée sort du garage du marchand de machines agricoles. Elle semble accompagner le bruit pétaradant et régulier qui a effrayé le cheval. Alphonse, appuyé sur sa canne, avance doucement, inquiet et tend le cou arrivé au porche. À peine sa tête passée dans l'embrasure, une grosse voix l'interpelle

— Viens donc voir le modernisme Alphonse. Tu vas bientôt en avoir besoin ! Ça va bien plus vite qu'un attelage de trois chevaux dans tes champs, et puis ton Louis il va pas durer une éternité. Raymond, ton gars, j'en suis sûr, il conduira ça au retour de l'armée comme toi ton vélo. Allez viens voir ça de près !

Alphonse entre et regarde la machine. Elle fume et vibre, notre brave homme a presque peur et avance tout doucement. Il la toise du regard comme pour juger une bête, un cheval ou une vache. Au bout de bientôt cinq minutes, il se décide et se tourne vers le père Pousset.

— Ça vaut combien d'une telle machine ? Puis il va falloir du nouveau matériel, le mien n'ira pas !

A l'énoncé du montant de la facture éventuelle, le cerveau fonctionne à grande vitesse, Alphonse soulève sa casquette, fait un tour sur lui-même et la réponse ne tarde pas
— Pas question, je n'ai pas de sous pour ça, je préfère acheter deux bons percherons et quatre vaches, ça fera moins cher et ça me rapportera bien plus ! Bon, je ne suis pas venu pour ça, tu

m'envoies ton gars pour contrôler ma lieuse avant la moisson, et pas dans trop de temps !

— Oui Alphonse, je te l'envoie mercredi prochain. Je parlerai du tracteur plus tard avec ton gars !

Alphonse serre la main de son mécanicien et rejoint son attelage. Installé sur son siège, il sort sa montre gousset de sa poche et voyant qu'il n'est qu'à peine plus de trois heures et quart, il décide de repartir de suite et de passer par le centre de Péronville pour prendre sa fille à la sortie de l'école. Tout au long du chemin, il pense à ce tracteur qu'il a vu tourner. Cette drôle de machine remplacer des chevaux ! Il n'y croit pas.

En arrivant devant l'école, il arrête son attelage et descend. Il est le seul homme, quelques mamans sont en pleine conversation. Il reste appuyé sur le cabriolet et regarde les mères de famille. Presque toutes ont un bonnet sur la tête. De loin elles sont toutes habillées pareil, mais de près on voit des petites différences avec des chemisiers qui ont des taches de couleurs. Comme une volée de moineaux les enfants sortent de la classe en criant, traversent la cour et s'agglutinent devant la porte. Le maître, en blouse grise, arrive tranquillement et leur ouvre la porte. Les mamans récupèrent leurs progénitures et, en prenant par la main les plus petits, rejoignent leurs maisons.

Germaine a vu son père et vient vers lui, surprise de le voir.

– Je reviens de Patay et j'avais du temps. On va chez ta tante récupérer ta gamelle. Je vais la saluer, il y a longtemps que je ne l'ai pas vue

Germaine part à pied sur la route vers l'église et son père ayant pris Vaillant à la bride suit. Les quelques mètres sont vite parcourus. Le père et la fille entrent dans la maison dont ils ressortent vingt minutes plus tard.

Germaine s'installe sur le banc à droite de son père qui lui laisse les rênes pour le retour à la ferme. Arrivés dans la cour, elle saute du cabriolet et court vers la maison, embrasse sa mère, pose son sac et sa gamelle sur la table puis ressort. Elle va vers le potager

– Je m'occupe des lapins et des poules, je ramène les œufs, maman, je n'en ai pas pour longtemps !

Blanche approuve d'un hochement de tête puis regarde son Alphonse dételer Vaillant et le bouchonner avant de le rentrer à son écurie. Germaine ne s'occupe pas du poulailler pour l'instant, elle se dirige vers le fond du potager d'où on a une bonne vue vers le nord, vers le clocher de Bazoches et la bande d'arbres toute verte qui marque le tracé de la Conie au delà de la ligne de chemin de fer. Depuis le banc du cabriolet, elle a aperçu des moutons. Un troupeau d'au moins deux cents têtes qu'elle connaît, ou plutôt son jeune berger. Il était à l'école il y a deux ans et était parti sans passer le certificat pour remplacer son père qui venait de mourir des suites de ses blessures de guerre. Elle s'arrange toujours pour le rencontrer quand son troupeau vient paître dans les environs de la ferme. C'est pratiquement le seul jeune, garçon ou fille, à peu près de son âge qu'elle voit en dehors de l'école.

Alphonse qui en a fini avec Vaillant et le cabriolet, traverse lentement la cour puis le chemin et entre dans la pâture qui a été fauchée la semaine dernière. Les javelles sont prêtes à être rentrées, il le fera faire demain. Les pousses pointent à nouveau et Jean pourra y mettre les vaches à paître dans quelques jours.

Germaine a pris les rênes sur le chemin du retour

Travaux d'été

Le soleil est haut en ce début d'après-midi sur le champ de blé. Louis mène son attelage assis sur la moissonneuse-lieuse, la lame, aux dents bien affûtées, dans ses allers et retours saccadés, coupe les tiges presque cassantes du blé qui est mûr. Les rabatteurs tournent et couchent le blé sur le tapis, le lieur n'a pas fait de ratés depuis le matin. Louis surveille la bobine de ficelle pour nouer la suite avant la fin, c'est plus facile que de tout renfiler. Tout va bien dans le champ. Germaine, qui attend les résultats du certificat, est venue avec Albert pour dresser les bottes en diziaux. Alphonse attend des solognots la semaine prochaine.

Il avait passé une journée à la louée à Patay, y arrivant tôt le matin. C'était la meilleure heure pour voir les candidats à la moisson : levés de bonne heure, c'est normalement un signe de courage, ne rien leur dire, et surtout revenir les voir à midi permet de juger si ce sont des buveurs ou pas... Avant d'y aller, il avait discuté avec Louis pour savoir si on pouvait travailler en attelant Vaillant en renfort des percherons et ainsi faire deux attelées assez solides pour gagner du temps. Louis lui avait dit :

— Il n'y en aura pas besoin Avec les cinq chevaux qu'on a ça ira. Il suffira de mettre un ou deux lits de moins à chaque voyage. Prends donc trois gars, mais qui ne gueulent pas trop fort, écoute les bien à la louée. Je m'en occuperait de tes gars, au besoin je les materais comme j'ai fait avec l'attelage du bossu à la carrière.

Alphonse écoute et questionne son charretier sur ce bossu et cet attelage.

— Le bossu, c'était un vieux qui marchait au pinard toute la journée. T'aurais cru qu'il buvait un litre au kilomètre. Il livrait les cailloux dans les fermes et pour les entreprises. Comme il faisait toujours la même tournée, il s'arrêtait à tous les bistrots, même s'il y en avait trois ou cinq dans le même village. Bah ! son attelage, il s'arrêtait tout seul devant chaque porte ! Et pas moyen de les faire partir avant cinq minutes d'arrêt ! Je l'ai dit au chef qui n'a pas été surpris. J'ai mis plus de six mois pour qu'ils ne se reposent que lorsque je le voulais ! Tes gars, je ne passerais pas plus de deux jours pour les mettre au pas !

Alphonse était resté pensif. Il ne croyait pas son charretier si incisif pour mener des hommes. En repensant à cette discussion, il est persuadé d'avoir bien fait de ne pas s'être précipité à Patay pour son choix, il avait choisi deux frères dans la quarantaine ainsi qu'un gringalet qui sort de l'armée.

Blanche arrive à trois heures et demie avec un panier à la main : cachés sous un torchon, elle apporte deux bouteilles de cidre, une d'eau, un bocal de pâté et un morceau de pain. Albert et Germaine terminent un diziau et se rapprochent tenant à la main leur crochet. Louis termine la longueur et vient au plus près avec son attelage. Blanche demande à Germaine si elle n'est pas trop fatiguée

— Non, ça va, c'est juste les chaumes qui piquent les mollets !

Les verres sont remplis, les couteaux sortis de la poche, une pause bienvenue. Le travail reprend jusqu'à six heures pour Louis, les autres finissant de réunir les bottes alignant les diziaux comme depuis le début de la journée.

Alphonse est venu voir Louis qui vient de dételer la lieuse sous le hangar. Albert s'occupe des chevaux qui sont bouchonnés puis rentrés à l'écurie. Leurs auges et les râteliers sont pleins. Louis est resté à la machine, prend un balai et chasse la menue-paille et les brins de blés qui sont coincés dans la barre de coupe, sur le tapis ou dans le lieur. Il graisse les roulements, finit de nettoyer et va se passer les mains à l'eau dans le grand bac en pierre où les bêtes boivent en revenant de paître. Alphonse, assis sur un ballot de paille, était resté pendant ce temps à le regarder faire. Il le hèle puis lui dit que le lendemain les solognots vont arriver. Germaine traverse la cour, ôte son fichu et le secoue au dessus du tas de fumier qui trône au milieu de la cour. Elle brosse de la main sa robe puis rentre à la maison. Elle demande à sa mère à boire et apprécie de se servir du cidre avec le pichet de grès. Sa mère avait été le tirer au tonneau à la cave et l'avait coupé d'eau . Elle vide un verre puis vide le deuxième à moitié. Germaine s'assoit en soupirant fort. Blanche lui demande si elle est fatiguée et si elle est prête pour encore donner un coup de main le lendemain.

> – Maman bien sûr ! c'est dur mais c'est le travail de la ferme et comme je voudrais y rester, il faut bien que j'apprenne ! Je sens que je vais bien manger tout à l'heure !

Jean s'occupe des vaches comme chaque jour. Après la traite, il porte les bidons de lait dans la fromagerie puis retourne faire leur litière de la nuit. Il va jusqu'à la grange et revient avec deux bottes de foin pour demain. Avant d'aller à la maison pour le dîner, il va faire un tour dans le jardin. Comme d'habitude, dès en entrant il prend sa binette à la main, elle est toujours dressée le long du mur à gauche de la porte. Il donne deux trois coups dans le rang de carottes où quelques herbes poussent. Il les ramasse et les jette sur le tas en bout de la rangée.

Blanche est sur le pas de la porte et attend les hommes pour le repas. Louis est le premier avec Albert, ils saluent la patronne avant d'entrer, Alphonse les suit. Jean arrive tranquillement et s'installe le dernier. La conversation s'oriente sur l'arrivée des ouvriers demain. Alphonse ira les chercher à la gare comme convenu. Blanche demande à Louis de rester, après le petit déjeuner demain matin, pour l'aider à préparer la petite bergerie pour que les solognots aient leur coin pour dormir. La fatigue gagnant les convives, tout le monde est couché avant vingt-deux heures alors que la nuit n'est pas complètement tombée.

Blanche est, de son côté, restée pour tout ranger dans la cuisine et dresse la table pour le petit déjeuner, elle gagnera quelques minutes de plus au lit demain matin.

Le réveil sonne à quatre heures à côté de l'oreille de Louis. Il sort de son lit, se lève puis enfile son pantalon de toile et sa chemise brune. Il se passe la main dans les cheveux, mets ses brodequins et ouvre la porte. Il tend le cou pour deviner le temps qu'il va faire dans la journée. Un haussement d'épaule et il va voir les chevaux à l'écurie puis revient cogner à la porte d'Albert.

Une nouvelle journée commence. De son côté Alphonse est aussi debout, c'est une journée particulière qui va se passer. Il espère ne pas s'être trompé dans son choix pour ses moissonneurs avec ce trio de solognots. Pour une fois, au lieu de le faire à midi, il se rase dès maintenant. L'eau du broc est moins froide que d'habitude et en moins de cinq minutes rasage et toilette du visage sont terminés. Il se retourne et prend les affaires que Blanche a préparé sur la chaise au pied du lit. Elle l'attend d'ailleurs dans la cuisine tenant à la main la cafetière dont la bonne odeur se répand doucement. Alphonse s'installe devant son bol et met un peu de beurre sur une tranche de pain. Il semble dans ses pensées tout en mangeant et, le voyant, Blanche l'interroge sur ce qui le préoccupe

— Rien, c'est l'arrivée des trois tout à l'heure, seront-ils bien au train ? À la louée, ils semblaient être de ceux qui sont assez sobres, faudra préparer du cidre bien coupé pour les rafraîchir. Tu en prévoiras déjà pour ce matin avec le casse-croûte qu'ils prendront en arrivant

Alphonse décide de faire un tour avant de partir et se dirige vers l'étable. Il y a entendu du bruit et pense que Jean a commencé la traite. Il ouvre la porte, un chat se sauve en miaulant, les poils dressés sur le dos et lui passe entre les jambes. Alphonse entre et vois Jean avec un comportement anormal. Une colère sourde et immense monte en lui mais il se retient et calmement le sermonne.

— Finis donc la traite. Ensuite occupes toi de nettoyer la laiterie, elle en a besoin, Bouges ! Il n'y a pas de deuxième service pour le petit déjeuner !

Alphonse en grognant revient à la maison et demande à Blanche de s'asseoir et d'écouter.

— Nous ne pourrons pas garder Jean dès la fin de la moisson.
— Pourquoi ?

Alphonse tourne en rond, s'assoit, se relève, regarde sa tasse de café, prend la bouteille de goutte dans le placard et s'en met une large rasade dans sa tasse qu'il vide aussitôt. Il prend sa canne et frappe trois-quatre fois le carrelage. Il se racle la gorge, tousse, va dehors et revient. Blanche, surprise de ce comportement regarde son mari avec inquiétude. Elle reste silencieuse puis lui redemande le pourquoi de cette décision rapide et qui semble déjà irréversible.

— Après ce que je viens de voir dans l'étable, je crains pour notre fille. Jean était debout sur un ballot derrière la Rouge avec le pantalon aux genoux ! Je ne te dis rien de plus ! Tu n'en parles à personne. Pas plus à Louis qu'à Albert ou à Germaine. On va réfléchir quand et comment on le dira à Jean, et aussi à Louis

A ce moment Jean ouvre la porte et annonce à son patron que le lait est dans la laiterie et qu'il y retourne après son café. Alphonse regard l'horloge, sort sa montre de sa poche, la remet à l'heure, la remonte puis la remet à sa place. Il embrasse Blanche et part. Elle est surprise de ce geste car il ne le fait que rarement. Il est sans doute perturbé par ce qu'il a vu et la difficile décision prise sur le coup.

Huit heures sonne au clocher et Alphonse attache Vaillant à l'anneau devant le café de la gare. Il entre et salue les seuls clients, ils sont deux, installés devant un verre de rouge. Ils tournent la tête en tendant le bruit de la canne. Alphonse les reconnaît : ce sont les deux gars qui travaillent à la grande ferme de Thironneau sur la route de Pruneville.

— Salut les gars, alors on est de repos ?
— Tiens, mais c'est vous Alphonse ! Non, on

attend trois gars qu'on connaît bien et qui viennent pour la moisson. Ils arrivent par le train. Et vous Alphonse ?
– Moi aussi j'en attends trois; Des solognots
– Attention à ces gars-là. Ils sont très durs
– Je sais, allez, vous reprendrez bien un verre sur mon compte. Claude sert nous une tournée ! Et tu me dis ce que je te dois !

Les trois se retrouvent sur le quai une demi-heure plus tard. Une fumée vers l'est annonce le train qui siffle à cent mètres du passage à niveau qui marque l'entrée de la gare. Jets de vapeur, crissement des freins sur les roues, le convoi s'immobilise et une dizaine de personnes descendent des wagons. Le chef de gare et son adjoint ouvrent la porte du fourgon et en descendent des cartons et aussi les deux sacs pour la factrice. Le chef de train vient les rejoindre, parle quelques instants puis remonte dans le premier wagon, les premières classes, juste derrière la locomotive. Un coup de sifflet et le train s'ébranle dans un nuage de vapeur et de fumée. Les gars de Thironneau sont en pleine conversation avec leurs copains et partent à pied, les nouveaux avec leur baluchon sur le dos. Alphonse a attendu à la porte marquée sortie ses travailleurs pour la moisson. Le plus jeune manque et les deux frères ne savent pas du tout où il est. Ils étaient ensemble dimanche dernier à la fête et ils l'avaient quitté dans un drôle d'état

– On l'a vu s'écrouler dans le jardin du curé complètement saoul, on ne l'a pas revu depuis. On est venu comme convenu, tant pis pour lui. On a une parole, on la tient. Allez Patron, on y va.

Ils chargent leurs maigres bagages à l'arrière du cabriolet et grimpent à côté d'Alphonse.

Les chiens ont accueilli le cabriolet bruyamment. Blanche est sortie en compagnie de Germaine pour voir la tête de ces nouveaux moissonneurs. Elles se regardent en ne voyant que deux ouvriers descendre. Alphonse descend à son tour et manœuvre Vaillant au licol pour ranger le cabriolet sous le hangar. Il détèle son cheval et le rentre à l'écurie. Il appelle les solognots pour leur montrer leur chambre ou plutôt la petite bergerie avec des châlits et des paillasses propres. Une couverture est pliée au pied de chaque lit. Une table, trois chaises et un ensemble de toilette en faïence sont le seul mobilier. Un sac de toile sert de volet à la fenêtre. Le sol en terre battue a été balayé et les solognots ont l'air d'apprécier surtout qu'Alphonse les invite à un casse croûte avant de commencer le travail. Ayant pris des forces, les solognots demandent ce qu'ils doivent faire en attendant midi,

Alphonse les rassure :
– Vous n'aller pas rester à rien faire, on va préparer dans la pâture, en face, les emplacements

des meules de blé et d'avoine qu'on va monter à partir de tantôt. Qui sait en dresser une ronde parmi vous deux ?

    Le plus grand avance d'un pas
— Je l'ai déjà fait plusieurs fois. Il y a trois ans j'en ai monté huit ou neuf de l'autre côté d'Ymonville. Il faut me dire combien vous prévoyez de voitures pour ne pas la faire trop large et le fût pas trop haut.
— C'est pas le tout de le dire, on va te voir à l'œuvre. Tu traces pour quatre ou cinq meules sur deux rangs et tu laisses la place pour la batteuse au milieu. A une heure vous irez avec Louis et vous dresserez derrière lui avec Albert. Il est dans l'avoine
— Y a-t-il une faux qu'on trace en fauchant ?
— Suivez moi je vous donne ça.

Alphonse revient à la maison tout en jetant un œil sur le travail que font les deux dans la pâture pour les emplacements des meules.

Il demande à Blanche ce qu'elle pense de ces deux personnages. Elle est penchée sur la cocotte en fonte où un ragoût est en train de mijoter. Elle se retourne et face à son homme hésite avant de parler. Elle se frotte les mains sur le tablier puis donne sa pensée :

– Ce ne sont certainement pas les plus mauvais à être venus chez nous, mais méfies toi, cette premiè re impression peut des fois cacher quelque chose. Je crains des filous, pas pour le travail mais pour de la rapine. Faudra qu'on soit vigilant, et puis aussi avec Jean et ses drôles de façon de faire

Alphonse la regarde sans rien répondre, soulève et remet son chapeau, repart dans la cour. Il la traverse. Il va rejoindre les deux solognots au travail. Arrivé au portail, il s'arrête et regarde en se cachant derrière le pilier de droite. Le plus vieux arpente le champ avec la faux à l'épaule. Tous les dix pas, il s'arrête, donne trois coups de faux – il semble bien la manipuler d'ailleurs – et continue plus loin. Il part ensuite sur le côté et recommence ses marques en fauchant. Le foin ne fait qu'une dizaine de centimètres mais Alphonse voit bien ce qu'il prépare : est-ce pour faire croire qu'il sait ou a-t-il déjà fait ces repérages plusieurs fois ? se demande-t-il. Il patiente encore deux-trois minutes avant de se montrer et d'entrer dans la pâture. Les deux gars s'arrête en le voyant et lui demandent si leur tracé suffira comme grandeur. Alphonse ne répond pas. Il va d'un repère à l'autre de sa démarche un peu brinquebalante et d'un air satisfait dit enfin :

– Oui. Ça devrait aller. Donnez un coup de faux sur la surface de chaque et allez chercher la brouette dans la cour, on va mettre tout ça dessus et l'emmener pour les lapins. On laissera faner trois ou quatre jours avant de leur donner. Et on mange à midi pile pour attaquer l'après-midi à treize heures.

Blanche a dressé la table avec les deux assiettes supplémentaires pour les solognots qui arrivent plutôt avec cinq minutes d'avance. Alphonse ne fait pas de remarques, il les a vus apporter le foin, coupé aux emplacements des futures meules, sous l'abri à lapins. Peu de paroles pendant le repas, seulement quelques échanges de regard entre les deux solognots qui esquissent un sourire.

A quatorze heures les solognots sont arrivés dans le champ avec Louis et Albert. Germaine est restée à la ferme avec sa mère. Louis reprend sa place sur la lieuse et remet l'attelage des trois chevaux au travail. Les premières gerbes tombent dans la grille et toutes le cinq Louis déclenchent le mécanisme et un petit tas reste sur les chaumes. Albert n'était pas resté à rien faire et avait déjà rassemblé des gerbes et dressé un diziau. Les solognots de leur côté prennent leurs crochets et partent dans l'angle le plus éloigné du champ et commencent eux aussi à dresser des diziaux. Alphonse quitte une heure plus tard la ferme. Il ne part pas à pied mais il a attelé le cabriolet avec son Vaillant et observe de loin ses moissonneurs fraîchement arrivés. Le travail a l'air de bien se passer et il ne s'arrête pas. Il continue vers Péronville. Il va jusqu'à la petite place devant l'église et guide Vaillant pour qu'il ait le nez vers le porche et que le cabriolet ne gène pas sur la route. Il attache les rênes à l'anneau à l'angle du presbytère. Une flatterie sur le museau et Alphonse s'en va. Il traverse la route qui part vers Varize et entre chez le boulanger. Il sait qu'à cette heure là, il a fini sa sieste et qu'il va pouvoir le voir.

Les deux hommes discutent pendant un bon moment sur tout et n'importe quoi puis Alphonse lui demande de venir lui livrer deux miches d'au moins deux kilos tous les jours pendant au moins quatre semaines, le temps que ses moissonneurs travailleront. Il lui demande ensuite combien de blé il devra lui livrer pour le payer. Alphonse veut soulager Blanche de la fabrication et de la cuisson du pain, elle aura plus de travail avec les bouches supplémentaires, surtout que Germaine est aussi dans les champs. Les deux hommes se mettent rapidement d'accord et après une bonne poignée de mains ils se quittent. Alphonse en sortant reprend Vaillant et le cabriolet et part vers la Conie. Il va voir le maréchal ferrant pour savoir quel jour il pourra faire ferrer ses chevaux. Il a en avait parlé avec Louis et ce sera mieux pour être tranquille pendant les charrois des gerbes. Dès le lendemain, il pourra venir avec Bijou et Grigri à huit heures et avec Vaillant et Pierrot dans deux jours à la même heure. Il enverra Louis pour les deux derniers le jour suivant. Alphonse fait un passage par le bistrot de Claude avant de repartir à la ferme.

Au retour, il continue vers le champ où la moissonneuse-lieuse avance au pas des chevaux. Il aperçoit Louis faire des grands gestes et se demande pourquoi. Il fait marcher Vaillant au trot pour accélérer un peu. Arrivé à peu de distance il comprend les gestes de son charretier : il veut faire bouger un peu plus vite les solognots pour qu'ils dressent dans le haut du champ. Au tour précédent, dans le coin du champ, il a du arrêter pour déplacer des gerbes pour ne pas rouler dessus, les manœuvres sont serrées et il veut être bien aligné pour faire son nouveau tour. Effectivement le plus vieux arrive avec son crochet et écarte, en les prenant des deux mains, une dizaine de gerbes. Il les pose et retourne en prendre d'autres. Louis aura assez large pour tourner. Dans le haut du champ les diziaux seront un peu plus tassés. Alphonse a été vu par ses moissonneurs, il leur fait un grand signe, tire sur les rênes et le cabriolet repart en direction de la ferme.

Il y a maintenant près de trois semaines que la moisson est commencée et que les diziaux s'alignent dans les champs. Alphonse est à peu près satisfait de ses deux solognots qui n'ont pas trop rechigné à travailler même si de temps en temps il a dû les secouer. Il devait passer presque chaque jour pour les empêcher de lambiner derrière les alignements de diziaux qu'ils avaient dressés le matin même.

Ce matin, il réfléchit pour les meules dans la pâture. Il reste sur son idée de mettre deux attelages pour le charroi depuis les champs. Il en parlera avec Louis et Albert si en mettant Jean à broqueter et Germaine à tasser dans le champ ça ira ou s'il faut prévoir autrement. Il revient à la maison et en parle à Blanche qui la rassure sur les capacités de leur fille pour ce travail.

Le soir au repas, il annonce que le lendemain le charroi allait commencer :

> – Louis, tu attelleras Bijou, ton préféré et Grigri avec le petit rouquin sur la charrette bleue. Tu commenceras par le blé de l'autre côté du passage à niveau. Ce sera la première meule sur l'alignement de droite.

Puis prenant à part Louis, Alphonse continue à voix basse

> – Albert sera sur l'autre charrette, la grise et bleue, elle est un peu plus légère. Il doit être

capable de mener ça seul. Il aura Pierrot et le blanc
– Oui. Qui sera avec nous dans le champ ?
– Germaine tassera, je garde les solognots avec moi aux meules, j'aurai l'œil sur eux, c'est bon comme ça ?
– Oui patron. Mais où sera Jean ?
– Tu le veux ? Il broquetera. Mais tu le surveilles, je te dirai plus tard ce que j'ai vu l'autre jour. Pas de sentiment Au premier geste, il suit la charrette vers la ferme.

Puis se tournant vers les autres il reprend :

– Les solognots vous resterez sur la pâture à décharger et monter la meule. Je serais avec vous pour tasser. Louis, tu partiras ensuite avec Germaine. Tu lui avais appris à tasser l'an passé, elle devrait y arriver. Albert tu pars avec le deuxième attelage, vois ça avec Louis. On tournera ainsi à deux, ça ira plus vite. C'est surtout que j'ai reçu une lettre de Raymond qui n'aura pas de permission pour la moisson. Il devrait être libéré à la Toussaint. Il va falloir faire sans lui. Au fait, avant d'aller au lit pour être prêt demain matin, je débouche une bouteille de cidre : Germaine a été reçue au certificat ! C'est une grande et elle va faire partie de l'équipe à partir de demain matin. À la votre !

– Papa, il ne fallait pas
– Si, c'est le premier pas vers la vie d'adulte. Tu vois, tu as droit à un verre comme tout le monde.
– Merci papa !.

Louis a un petit sourire, les solognots, eux, un rictus qui n'indique pas une grande satisfaction, Jean hausse les épaules. Seule Germaine semble heureuse de participer et de travailler comme un adulte. Elle prend ça comme une récompense en plus de sa réussite au certificat. Chacun se lève et part se coucher. Alphonse retient Louis et l'invite à venir au bord de l'alcôve. Il lui explique ce qu'il a vu dans l'étable l'autre jour avec Jean et lui demande de jeter un œil pour qu'il ne s'approche pas trop de Germaine. Louis hoche la tête et va rejoindre son lit dans la pièce au-dessus de l'écurie de ses chevaux. Beaucoup dormiront mal cette nuit : il y a demain un des grands moments de la moisson.

Louis n'a pas eu besoin de secouer les solognots pour les réveiller. Il les entend parler dans la cour. Par sa fenêtre, il les voit discuter ensemble et s'échanger trois brocs avec des manches de longueurs différentes. Au bout de cinq minutes ils semblent d'accord et retournent dans leur bergerie. Louis se dépêche de finir de bouchonner les chevaux avec Albert et les sort pour qu'ils boivent leur saoûl avant de partir au travail. Il les attache un par un, au fur et à mesure, sur les anneaux de chaque côté de leur écurie et de l'étable où Jean termine la traite du matin. Dans la cuisine, Blanche pose les bols et les assiettes sur la table. Un demi-pain trône au centre avec un pot de pâté : c'est une tradition familiale pour le premier jour du charroi des gerbes de faire un vrai repas autour d'un bol de café pour démarrer cette journée.

Il est cinq heures et demie quand tous sont attablés et mangent sans presque parler. Germaine arrive à son tour ce qui délie les langues, les conversations commençant aussitôt. Elle boit son bol de café avec du lait et y trempe sa tranche de pain. Elle délaisse le pâté et regarde les hommes reprendre un deuxième bol de café dans lequel Alphonse leur fait cadeau d'une petite rincette de calva maison

— C'est pour que vous ayez des forces !! et en route au boulot. Le reste de la bouteille à la passée d'août !

Les solognots demandent à Louis s'ils peuvent l'aider à préparer l'attelage.

— Venez par là, prenez les colliers. Celui là c'est pour Bijou, l'autre pour Pierrot. Suivez-moi. Je leur mets et vous pourrez leur serrer les sous-ventrières et le reste du harnachement. Je reprends les chevaux et les mets sur la charrette. Merci les gars.

Les chevaux sont rapidement brêlés et mis sur les charrettes. Les solognots y grimpent après avoir fixé leurs brocs dans l'échelette avant. Avant de partir, Louis vérifie les liures et cherche les crochets. Il voit que les solognots ont les leurs à la main, et monte à leur côté les rênes enroulés au poignet. Le fouet est coincé dans son trou sur le montant de l'échelette, un mouvement sur les rênes et un « Hue » vigoureux : c'est parti pour le premier champ de blé. En une dizaine de minutes, l'attelage quitte le chemin pour le champ. Louis fait attention à l'endroit pour franchir le fossé. Sur six-sept mètres, il l'a remblayé il y a deux ans et a planté, pour marquer ce passage, deux baliveaux de noisetiers qui ont pris et ne sont pas loin maintenant de faire trois mètres de haut. Les solognots accrochés à l'échelette attendent l'arrêt pour descendre. Louis les regarde sans bouger et leur demande qui va broqueter et tasser. Le plus jeune prend son broc, le décroche de l'échelette avant et le met sur celle de l'arrière. Il remonte dans la charrette et attend au droit du passage côté droit à l'avant. Louis au licol mène les chevaux jusqu'aux premiers diziaux, les arrête et se met à côté du vieux solognot, pique une gerbe et c'est parti : par alternance les deux hommes passent les gerbes au tasseur qui commence par aligner les culs des bottes les faisant dépasser du passage puis continue entre les côtés. Au bout d'une demi-heure, les lits de gerbes atteignent le haut des échelettes et Louis observe ce que va faire le tasseur. Il fait un rang avec le pied en dehors d'une dizaine de centimètres puis un deuxième et un troisième dans le même sens en reculant un peu à chaque fois. A ce moment là, il demande à Louis.

– On monte combien de lits au total. J'en suis au septième
– C'est bon. Tu fermes en trois largeurs mais pas plus. N'oublie pas qu'on bride avec une liure. Je te la lancerai.

Le chargement terminé, la liure est allongée sur le dernier lit et pour la tendre, le solognot descend du chargement en s'y accrochant. Il la fixe sur le roulon puis la tend en deux tours en se servant du manche de son broc. Louis qui était resté un petit peu à l'écart reconnaît un bon travail. Il prend le licol et rejoint le chemin. Il a vu Albert arriver avec Jean et Germaine grimpés dans la charrette grise et bleue. Il attend qu'il ait franchi le passage au dessus du fossé et lui demande de changer d'attelage. Albert prend le licol des mains de Louis et part vers la ferme avec la charrette chargée. Les deux solognots sont assis à califourchon sur les timons de l'attelage. Le trajet jusqu'à la ferme se passe au pas des chevaux et dure un bon quart d'heure. .

Alphonse demande aux solognots d'étaler les ballots de paille qu'ils avaient apportés la veille au soir à proximité des emplacements des meules.

— Rangez bien les fils de fer à coté du piquet du portail et mettez une couche d'au moins dix centimètres partout. Faut pas que le grain soit directement sur l'herbe qui commence à reverdir. Puis après on se met en place.

Alphonse avait dans sa poche une pince coupante, il défait deux ballots. Les solognots plantent leurs brocs dans la paille et l'étale. Alphonse la piétine un peu puis se met droit comme un I au milieu

— En route, les gars. Qui est le tireur ?

Le plus jeune vient au plus près de son patron et son collègue grimpe sur le chargement en s'aidant de la liure qu'il jette à bas après l'avoir détachée. Albert se met sous la charrette avec un broc pour reprendre les gerbes qui tombent. Les premières gerbes sont posées en croix, les épis au milieu. Les suivantes suivent jusqu'à atteindre la limite de la paille. Alphonse reprend un nouveau lit qu'il pose en double sur tout le tour. Il a déterminé la grandeur en mesurant au pas : cinq normaux comme rayon. A chaque gerbe, il a retrouvé son geste : baissé et courbé, il donne un coup de genou pour la caler sur l'autre. Le deuxième lit est presque terminé quand le solognot dans la voiture tape le manche de son broc sur le plancher : c'est l'annonce de l'envoi de la dernière gerbe de ce voyage. Albert reprend les rênes et part pour un autre tour. Il est à peine parti que Louis arrive avec sa charrette. Germaine est restée dessus. Elle descend par la liure et vient embrasser son père en lui disant qu'elle aime faire ça. Albert s'était arrêté à la demande de Louis et il revient aligner la nouvelle charrette de blé le long de la meule qui commence à prendre forme. Louis lui a expliqué rapidement qu'il doit rester avec Germaine et qu'il conduira les voyages entre le champ et la pâture.

Alphonse regarde cette première charrette tassée par Germaine. Il constate que l'ensemble est pas mal fait.

Cette première matinée se termine avec quatre voyages et plus d'un mètre de hauteur à la meule. Alphonse du coin de l'œil a surveillé ses solognots. Le travail ne se passe pas mal mais ils auraient une tendance peu ordinaire à rafraîchir leur gosier. Il tient bon et ne les autorisent à boire qu'un ou deux gobelets après chaque voiture.

L'angélus qui sonne au clocher de l'église annonce l'arrivée du dernier chargement de la journée. Louis dételle la précédente charrette qui est vide. Il la maintient sur les chambrières en calant les deux roues. Ses chevaux ne semblent pas trop fatigués, ils les conduit tranquillement dans la cour de l'autre côté du chemin. Il les fait boire puis les rentre dans l'écurie, les bouchonne à la paille et remplit leur râtelier de foin sec et d'une poignée de trèfle rouge.

Il retourne voir Alphonse au pied de la meule pendant qu'Albert attend que la charrette soit complètement vide puis détèle aussi son attelage et bouchonne les chevaux comme d'habitude et les rentre à l'écurie. Louis aussi a regardé travailler les solognots. Un quart d'heure plus tard, les chevaux ont tous bu. Après le dîner pris rapidement autour d'un rata avec des morceaux de cochon chacun regagne son coin. Louis va voir avant de se coucher si ça se passe bien. En même temps il va saluer les solognots. Il tape à leur porte avant d'entrer. Ça bouge puis le jeune vient ouvrir. Ils se parlent dix minutes puis chacun va dormir dans son coin. Louis s'installe sur son lit et s'interroge pour le lendemain.

Ce deuxième jour de charroi de la moisson se déroule sans problèmes. La meule de blé a largement passé les deux mètres de hauteur. Alphonse pense que demain il faudra commencer la partie en rétrécissant pour faire le toit en cône. Les solognots ne rechignent pas et Louis est satisfait de son équipe dans le champ. Il retrouve d'ailleurs son patron sur le perron de la porte de la maison après le dîner.

– Alors Jean n'a pas fait de bêtises ni eu de gestes vers Germaine ?

– Non. Je l'ai du coin de l'œil et ça va. Prévois un broc de secours, des fois il prend ça du bout et le manche se courbe et un coup ça va casser !

– Oui, prends en un sous la grange avant de partir demain. Moi avec les solognots c'est pas mal non plus. Heureusement que le cidre est coupé... Toi tes jambes comment ça court ?

– J'ai eu plus mal qu'en ce moment. Je pense que ça dépend de la pluie. Je souffre plus l'hiver que l'été. De plus c'est Albert qui fait les aller et retour. Tant que je passerais pas les 65 ans voir 70, si tu veux de moi, je suis bien ici.

– T'inquiètes pas, avec Blanche on ne peut te laisser dans la nature. Et puis tu sauras t'occuper du jardin et des lapins.

– Je ne vais pas prendre la place de Germaine ! Elle le fait bien.

– Tu crois que dans cinq ou dix ans on aura encore sa jupe sous notre nez ? Je pense que les gars ne vont pas tarder à la chatouiller.

Chacun repart de son côté et se souhaite une bonne nuit.

Le troisième jour, Alphonse a installé une chaise pour le jeune solognot. Il n'avait jamais travaillé comme ça. Une plateforme d'un mètre de côté fixée par des crochets sur l'échelle double appuyée sur la meule avec les pieds calés par un piquet. Une trappe permet de passer à travers pour s'installer. Les gerbes arrivent dessus broquetées depuis la charrette pour être renvoyées sur la meule si possible juste devant les genoux d'Alphonse. Le solognot n'a compris comment bien se mettre qu'arrivé à moitié de la première charrette de la matinée. Au milieu de l'après-midi du troisième jour, Alphonse a noué quatre gerbes de seigle coupé vert en chapeau de la première meule de blé. Il crie de là-haut « Une de terminée ! » et il redescend par l'échelle appuyée tout au long du cône. Albert est arrivé à ce moment là et a regardé son patron descendre. Il attend en maintenant son attelage à la bride. Alphonse le regarde, tourne la tête vers les solognots et annonce à tout le monde :

– On arrête pour aujourd'hui. On va boire un coup à la maison. On reprendra demain. Albert tu cales ta charrette sur les chambrières et tu vas rechercher Louis pour la dernière du jour. On va aller chercher une bouteille de cidre bouché à la cave. Venez tous.

Les solognots aident à dételer les chevaux et attendent l'arrivée de l'autre attelage. Les chevaux boivent dans le bac puis vont prendre leur place à l'écurie. Louis arrive avec Jean, Germaine et Albert. Il a pris le temps de bien charger cette dernière charrette du jour. Toujours grognon, Jean s'assoit en bout de table et regarde les autres. À peine vidé son verre, il se lève et rejoint son coin au dessus de l'étable.

Alphonse est un peu inquiet et décide d'aller le voir d'ici un moment. Il continue à discuter de choses et d'autres avec les solognots et Louis.

Les cloches de l'église ont sonné la fête de l'Assomption depuis une semaine et les moissonneurs entament le dernier champ. C'est celui d'avoine. Il reste encore deux charrettes à faire et Alphonse a tenu à ce qu'elles arrivent à la ferme ensemble. Germaine est sur le haut de la dernière et tasse les dernières gerbes. Alphonse se penche sous l'autre charrette, met un genou à terre et tend le bras. Il se relève et tient à la main un gros bouquet de dahlias avec quelques roses. Il hèle sa fille et lui lance le bouquet

> – Attache le comme il faut, on doit le voir de loin. Mets le sur l'avant, regarde... là, il y a une pointe de l'échelette qui dépasse un peu. Oui comme ça, c'est bien. Installe toi un bon siège avec quatre ou cinq gerbes, ça va être ta fête, tu es notre petite reine de la moisson.

Germaine crie de joie de cette promotion.

Blanche est sortie de la cour et guette sur le chemin l'arrivée des deux voitures et surtout la deuxième avec le bouquet. Elle n'a pas à attendre longtemps. Les chevaux ont les sabots qui claquent et le premier attelage tourne pour entrer dans la pâture. Blanche fait des grands signes de la main à sa fille juchée sur le haut du chargement. Elle lui répond de la même manière.

Les dernières gerbes arrivent sur le haut de la meule. Un grand coup puis un deuxième et un troisième résonnent sur le plancher de la charrette : la dernière de cette année va arriver sur la meule. Alphonse la met en place et coince dessus le bouquet. Il descend en recalant les brins de seigle pour qu'ils restent à protéger les grains.

Tout le monde se retrouve à la cuisine pour vider une bouteille de cidre et Alphonse annonce à ses ouvriers qu'ils auront repos demain et qu'ils sont conviés au repas de passée d'août après-demain midi. Germaine laisse les adultes ensemble et va dans le potager puis s'occupe des lapins et des poules. Elle récolte une demi-douzaine d'œufs et les rapporte à sa mère. Elle retourne pour, comme d'habitude, donner une poignée de foin dans chaque cage à lapin puis lancer à la volée deux poignées de petit blé que les poules viennent picorer aussitôt. Elle retourne à la maison pour aider sa mère à préparer le dîner.

Deux jours plus tard, tout le monde attend à midi pile que Blanche les invite à entrer pour le repas de la passée d'août. Les assiettes sont mises avec les four chettes. Seulement deux couteaux pour elle-même et Germaine, les hommes ont l'habitude d'avoir le leur dans la poche. Une terrine attend au milieu. Germaine avait aidé sa mère à le faire avec le vieux mâle lapin avant le premier jour de rentrée des gerbes. Les hommes s'installent et Alphonse coupe une tranche de pain à chacun et entame le pâté. Louis à l'autre extrémité de la table ôte le bouchon d'une bouteille de cidre, ce midi c'est du pur jus que tout le monde aura à boire. Le repas continue par une fricassée de canard avec des navets et des petits pois du jardin. Les solognots félicitent Blanche pour ses excellents plats. Ce repas de fête les a changés du traditionnel rata beauceron servi tous les soirs pendant la moisson, seul le morceau de cochon était différent. Un fromage bien fait complète le festin avant la surprise d'une tarte à la rhubarbe encore chaude.

La conversation s'oriente sur les travaux d'après la moisson et de la date du passage de la batteuse. Louis et Albert écoutent sans rien dire, ils savent que c'est toujours après la deuxième quinzaine d'octobre que la locomobile arrive avec tout son attelage et sa nuée d'ouvriers plutôt mal famés. Et ça dure souvent deux semaines. Le café est servi puis la rincette avec la bouteille entamée au premier jour de travail des solognots au ramassage du grain qui est rapidement vidée. Alphonse s'arrête de parler et se tourne face à eux.

– Les gars, on est arrivé au bout de cette moisson. Demain je vous ramène au train. À Patay, à la louée, je vous avais promis un pécule pour ce travail. On a fini presque une semaine plus tôt. Je suis réglo avec les gens qui travaillent bien. Pour moi c'est ce que vous êtes. Donc demain matin vous vous partagerez ce que j'avais promis et je vous paierai votre billet de train jusqu'à Orléans.
– Bah, monsieur Alphonse, c'est la première fois qu'on nous fait ça. Nous renvoyer avant la fin du contrat et nous payer complètement. Vous êtes un drôle de patron. Nous parlerons longtemps de vous dans notre Sologne. Et on nous avait dit que les Beaucerons étaient des grippe-sous ! Merci. Et puis toi Germaine, tu sais bien travailler et tu trouveras un bon mari.

Sur ces mots ils se lèvent et viennent serrer la main de leur patron puis de Louis et d'Albert. Ils sortent et vont dans leur chambre. Un quart d'heure plus tard, ils ressortent et prennent le chemin du village. Ils ne rentreront que dans la nuit en chantant.

Le lendemain sur le coup de dix heures, les solognots sont à côté de la porte de la maison avec leurs baluchons bien serrés. Ils attendent Alphonse. Blanche sort et leur propose un dernier café avant leur départ. Ils ne refusent pas et entrent. Un bruit dans la cour : Alphonse vient de sortir Vaillant de son écurie et le met dans l'attelage du cabriolet. Il est prêt en dix minutes et vient chercher ses voyageurs. Ils sortent en faisant un grand signe à Blanche pour lui dire merci. Germaine sort aussi de la maison derrière eux et les regarde grimper sur le cabriolet. Elle a droit aussi à un au revoir de la main.

Germaine est fière, comme la reine de la moisson, sur la dernière charrette de grains avec le bouquet final

Automne

Germaine rentre avec sa mère, s'assoit à la table et se demande ce qu'elle peut bien faire jusqu'à ce soir et aussi demain. Elle ne va plus à l'école. Blanche de son côté se remet à la cuisine pour le repas de midi avec deux assiettes de moins. Elle se retourne et dit à sa fille :

– Dis-donc, tu n'aurais pas des affaires à trier. Il y en a certainement qui te sont trop petites. Vas trier dans ton armoire, mets sur le lit ce qui ne te va plus. Il faudra qu'on aille à la ville pour te rhabiller pour cet hiver.
– Oui maman, je n'avais pas pensé à ça. J'y vais.

Germaine, dans sa chambre, ouvre l'armoire et vide les étagères complètement puis fait un premier tri. Certaines robes lui restent entre les mains plusieurs minutes : le souvenir d'une fête ou celle qu'elle portait pour passer le certificat... et puis même des tabliers d'école bien trop petits. Parmi les vêtements qu'elle veut garder, elle s'aperçoit que les robes et gilets pour l'hiver sont trop petits. Elle les prend un par un, se met droite devant la glace de l'armoire et regarde. Quelques fois elle éclate de rire : le bas de la robe est au-dessus du genou ! Un corsage est trop court ne cachant même pas le nombril. La séance d'essayage dure au moins une heure. Elle se regarde, tourne devant la glace et se rend compte que son corps change avec une poitrine qui se développe. Sa mère entre à ce moment et fait revenir Germaine à la réalité.

– Tu as déjà trié tout ?
– Oui et je n'ai plus rien, ou presque, qui me va !
– On verra cet après-midi, allez, viens à table c'est l'heure.

A quatorze heures, Blanche aidée par Germaine termine de ranger la vaisselle et les gamelles qui ont servi à midi. Elles retournent dans la chambre de Germaine, Blanche a pris la grande panière d'osier qui sert pour emporter le linge sale. Elles y entassent tout ce qui ne va plus et vont le ranger dans une armoire de la chambre du fond qui était celle des garçons et qui est depuis longtemps inoccupée . Blanche y met tout ce qui ne va plus même s'il y a besoin d'un raccommodage : ça peut servir de chiffon un jour ou l'autre explique-t-elle à Germaine. A dix-sept heures le tri est fini et c'est Alphonse qui toque à la porte de la chambre. Il entre et demande à Germaine de venir avec lui à l'étable pour traire les vaches.

– Mais papa, c'est Jean qui fait ce travail
– Ce sera toi maintenant
– Je ne l'ai fait qu'un petit peu et une seule vache, là, maintenant il y en a dix !
– Je sais, mais Jean est parti et il ne reviendra pas. Il ne remettra pas les pieds ici.
– Pourquoi ?
– C'est moi qui l'ai fait partir
– Pourquoi ?
– Tu comprendras plus tard, je te l'expliquerai avec ta mère. Tu viens ?
– Je me change. Tu vois, j'essayais un belle robe pour se promener, elle est trop belle pour l'étable !
– Je t'attends dehors.
– Oui. J'arrive

Dix minutes plus tard, Germaine arrive dans l'étable et regarde son père qui s'est installé sur son tabouret tripatte et tire sur les trayons d'un rythme régulier. Le lait gicle dans le seau en moussant. Alphonse lui montre d'un geste le tabouret et le seau qui sont à côté de la porte. Germaine prend le tabouret et le seau par l'anse et demande à son père

– Je commence par laquelle ?
– Au fond et tu reviendras par là. Vas-y, je te regarde.
– Oui.

Hésitante, Germaine s'approche de la vache à traire. Elle pose le tabouret et le seau puis revient à la porte pour prendre l'autre seau qui attend : il est plein d'eau. Elle retourne à la vache avec, lui lave le pis et les trayons avec la main et s'installe. Alphonse tend l'oreille et écoute le bruit des jets de lait dans le seau. Il esquisse un sourire mais ne dit rien. Trois quarts d'heure plus tard, la traite est finie et les deux bidons de la collecte sont transportés par Alphonse dans la laiterie où il fait frais à longueur d'année.

– On fera le fromage demain matin.
– Oh ! Je ne l'ai jamais fait.
– On commencera par écrémer une partie du lait pour avoir de la crème et faire du beurre. Ta mère sera avec toi pour t'apprendre.
– D'accord papa. Il faut faire la traite à quelle heure le matin ?
– À six heures c'est bien.
– Oh ! C'est tôt ! Mais j'y serai !

Le repas du soir autour de la soupe épaisse aux légumes voit la conversation entre Louis, Albert et leur patron tourner autour du champ à déchaumer le lendemain : celui vers Lislebout ou entre la ligne de chemin de fer et la Frileuse. Le champ de la Frileuse aura la visite de l'attelage d'Albert pendant que Louis changera quelques dents aux herses.

Alphonse attelle Vaillant et part au village en ce milieu de matinée. Il va voir le maréchal ferrant pour acheter des dents de herses en prévision des travaux du mois prochain. Ayant une idée derrière la tête, il fait un détour par le café de la gare. Quand il entre il aperçoit François Balbeau accoudé devant un verre de rouge. C'est lui qu'il espérait voir. Alphonse commande aussi un verre. Il l'invite à s'asseoir avec lui. Les deux hommes engagent la conversation sur la batteuse.

– François, elle commence quand ta saison avec la batteuse ?
– Lundi dans trois semaines, j'attaque chez Pisteron à Gommiers puis ensuite je vais sur Guillonville.
– Tu peux suivre chez moi ?
– Pourquoi pas ?
– C'est pour savoir que je m'organise. Mon Raymond n'est pas encore revenu et je n'ai plus que Louis et Albert
– Te plains pas, ce sont des bons tes deux gars.
– Oui, moi je te dis ça c'est pour que tu prévoies assez de monde.
– J'aurai ce qu'il faut comme bonshommes. Au fait, tu as quoi cette année ?
– Il y a six meules dont trois de blé, deux d'orge et une d'avoine.

- T'as pas de seigle ?
- Je n'en fait plus que pour les liens. Le peu qu'il y a en grain à battre on le fera au fléau.
- Bon, j'arriverai vers le dix ou le douze. Ça dépendra de ce qui se passera chez les autres avant.
- C'est ça, ça ira, tu reprends un ballon ?
- Non merci
- C'est moi qui paye çà. Allez, bonne journée.

Alphonse reprend son attelage et repart vers l'église. Il arrête Vaillant non loin de l'épicerie. Il l'attache à l'anneau scellé dans le mur et va vers la maison basse de Marcel. Alphonse frappe et entre. Il se baisse, la porte étant basse. Peu de lumière, un homme sort du fond de la maison et vient saluer l'entrant.

- Bonjour Alphonse, si tu t'arrêtes chez moi c'est que je dois affûter mes couteaux
- Tout juste Marcel. Le goret est gras et j'ai la batteuse dans quatre semaines.
- Bah... Je peux venir mercredi dans quinze jours,
- Ça ira. On sera prêt de bonne heure comme à chaque fois.

Le mardi matin Blanche a embauché Germaine pour éplucher les oignons pour le lendemain. Au bout d'un quart d'heure les premières larmes arrivent mais Blanche insiste pour que Germaine continue : les quinze kilos doivent être prêts ce soir pour demain matin. Pendant ce temps, Albert et Louis ont balayé un coin de la grange et installé la grande table et le chevalet pour pendre la bête. Ensuite Louis prépare le bois à l'entrée de la buanderie pour le feu sous le chaudron : il y aura le boudin à cuire. Albert a remonté de la cave les pots en grès qui sont vides. Il les lave à l'eau du puits et les met à égoutter le long du mur en face de la table. Il les fumera avant le soir pour un meilleur goût de la viande. Blanche qui vient de terminer les oignons, apporte une brassée de vieux linges et deux bassines en métal pour recueillir le sang et préparer le boudin. Alphonse envoie Albert au grenier pour descendre les deux sacs de sel en réserve pour saler le cochon dans les pots. Au moment de passer à table tout est prêt pour le lendemain.

Germaine, Louis et Albert sont debout à la même heure que les autres jours pour leurs travaux. À six heures et demie, Marcel arrive sur son vélo avec sa trousse de couteaux et autres instruments et va profiter du même casse croûte que tous ceux de la Feularde. Sept heures et quart tout est fini et ils vont tous à la grange. Marcel demande à Albert et Alphonse de voir le cochon pour lui faire sa fête. Le cochon à leur arrivée à la porte de sa soue a cru qu'on lui apportait sa pâtée à la farine d'orge plus tôt que les autres jours. Il a grogné mais ensuite il a gueulé quand il a eu la patte arrière attachée et que les trois hommes l'on tiré jusqu'à la grange. Non sans mal, Albert aidé par Louis réussit à mettre la tête du cochon sur le billot qui sert aussi à fendre le bois et Marcel lui assène un grand coup de masse sur le crâne. C'est le silence d'un seul coup. Rapidement à trois ils prennent le cochon et l'attache la tête en bas au chevalet. Blanche, ayant vu et entendu le cochon traverser contre son gré la cour arrive avec deux grandes casseroles, Germaine la suit et déplace un chaudron à ras de la table. Elle retourne à la cuisine et revient avec le litre de vinaigre. Marcel regarde autour de lui. Il voit que les casses et autres gamelles attendent pour recevoir son travail, aussitôt il annonce de sa voix forte : « C'est parti » et il donne un coup de couteau précis dans la carotide qui fait jaillir le sang. Blanche s'approche aussitôt avec une casserole et récolte le liquide bien chaud. Marcel régule du pouce le débit pour ne pas en perdre une goutte. La casserole pleine c'est au tour de Germaine de venir. Le chaudron se remplit petit à petit et Blanche, en connaisseur, verse un peu de vinaigre et brasse l'ensemble pour éviter que le sang caille. Les dernières gouttes tombent sur la paille que Louis avait étalée la veille au soir sous le chevalet. Marcel ouvre le ventre du cochon et commence son travail. Il met de côté les boyaux qui seront vidés et nettoyés pour le boudin et les saucissons. Il sort le cœur et les poumons que Blanche récupère pour faire la fressure qui sera au menu de midi pour tous. Marcel continue son travail, se fait aider pour mettre le cochon sur la table. Il découpe les jambons, les jarrets, les pieds, la tête et les morceaux de poitrine, les côtes... La pause de midi est bienvenue pour tous. Marcel coupe, taille et avant le soir il y a quatre pots de cochon salé à descendre à la cave. Il frotte les deux jambons au sel et les laisse sur la table pour la nuit. Les morceaux mis de côté pour le boudin, les saucisses et les saucissons sont couverts avec un vieux drap et restent aussi dans la grange. Alphonse demande à Marcel s'il veut rester à dormir là ou s'il rentre chez lui. Après hésitation il range ses couteaux et enfourche son vélo en souhaitant bonne nuit à tous.

Le lendemain, dès huit heures, tout le monde se retrouve dans la grange. Blanche avec Germaine s'occupent du boudin, des pâtés et des saucisses. Le hachoir est fixé au bout de la table et Germaine tourne la manivelle. Dans la buanderie, des grosses bûches flambent sous le casse. L'eau sera bientôt prête pour le boudin que Marcel est en train de faire avec l'entonnoir et les boyaux. Cette deuxième journée de Marcel se termine avec le façonnage des saucisses qui seront mise à fumer avec les jambons dans la cheminée dès demain.

Au début de l'après-midi, Louis et Albert quittent la grange pour sortir les chevaux et les faire marcher pendant une demi-heure, ils n'ont pas l'habitude de rester à l'écurie comme ça. De son côté, avant le repas, Germaine s'occupe de la traite des vaches et de nourrir les lapins. Blanche et Alphonse rentrent à la maison, vaincus par la fatigue de ce travail sur le cochon. Malgré tout, ils savent qu'ils auront assez de viande pour l'équipe de la batterie qui doit venir dans quelques jours.

Vendredi matin Alphonse demande à Louis de faire la troisième coupe de foin le long de la ligne de chemin de fer à côté de la pâture à partir de lundi. À huit heures, les deux chevaux seront attelés sur la javeleuse et Albert prépare une botte de liens. Avant de partir il fait un grand nettoyage de l'écurie. Germaine est dans la laiterie et prépare le fromage. Blanche qui a terminé à la cuisine vient la rejoindre et une demi-heure plus tard elles sont de retour sous le grange pour finir de mettre les derniers morceaux de cochon dans les pots et de nettoyer la table, les chaudrons ou les casses et les outils. Le feu de la cuisinière est ravivé par Blanche dès son retour. Elle prépare trois grands plats avec de l'eau pour faire cuire les pâtés au bain-marie. Elle pourra les surveiller en préparant le repas de midi. La corvée du cochon est terminée, la prochaine ne sera pas avant trois ou quatre mois, le porcelet qu'Alphonse a ramené il y a un mois ne dépasse pas les trente cinq kilos et il est loin du quintal habituel avant qu'il ne passe de vie à trépas. Il y aura des seaux de pâtée à la farine d'orge avec les restes de la cuisine à lui servir.

A trois heures, après la vaisselle et un coup de balai, Germaine vient voir sa mère.
- Maman je n'ai plus rien à faire pour l'instant. Je vais aller voir la nièce à Juliette
- Qui ?
- Bah oui, la garde barrière a sa nièce qui vient de Paris en vacances pour une semaine. Je l'ai vue dimanche dernier et lui ai promis de venir
- D'accord mais soit revenue avant cinq heures.
- Pas de problème. Je pars.

Germaine freine avant les barrières rouges et blanches et descend de son vélo qu'elle appuie sur la clôture en bois. Le chien lui fait fête, habitué de la caresse matinale quand Germaine allait à l'école. Ayant entendu son chien, Juliette sort de la petite maison et salue Germaine, elle se retourne et appelle sa nièce qui sort aussitôt. Anaïs est âgée de deux ans de plus que Germaine. Les deux jeunes filles se sont liées d'amitié. À chaque fois qu'elle est venue en vacances chez sa tante, la jeune parisienne ne voyait personne sauf Germaine, les filles du village n'aimant pas cette fille venue d'ailleurs. Germaine au contraire rêvait des grandes villes et chacune s'échangeait sur leurs vies respectives. C'était la cinquième année qu'elles se retrouvaient et leurs conversations devenaient différentes. Anaïs a expliqué qu'elle serait bien restée à Paris cette année

- Depuis le début des vacances on va souvent au square au bout de la rue avec un voisin qui me plaît bien. Et toi as-tu un copain ?
- Heu... ce n'est pas tout à fait un copain, mais de temps en temps quand on se voit on parle de l'école
- De l'école ?
- Oui, il a été obligé de la quitter quand son père est mort
- Pourquoi ?
- C'est lui qui s'occupe du troupeau de moutons de son père. Alors quand il est dans le coin je vais parler un peu avec lui
- Vous êtes seuls dans les champs
- Oui, c'est là qu'il travaille
- Et il est gentil avec toi ?
- Comme quand on était à l'école, lui dans les grands, moi dans les moyens.
- Il est plus vieux que toi ?
- Trois ans
- C'est donc un grand, bientôt un homme. Fais attention à toi !
- De quoi ?
- De ses mains et de ses yeux, sauf si
- Sauf si quoi ?
- Si tu es amoureuse de lui
- Bah... non, je ne crois pas.

— On en reparlera ! Bon ce soir j'ai demandé à ma tante d'aller chercher du lait chez vous, c'est à quelle heure ?
— Je commence la traite à six heures et demie. Tu peux venir à ce moment là, tu verras mon travail.
— C'est toi qui fait la traite !
— Oui. Il n'y a plus de vacher chez nous
— D'accord, j'y serais.

Les deux jeunes filles restent à parler assises sur le banc devant la maison jusqu'au passage du train qui roule vers Patay et Orléans. Le mécanicien et son chauffeur, après un coup de sifflet, font un grand salut de la main aux jeunes et à Juliette à la traversée entre les barrières. Germaine connaît les horaires des trains et sait qu'elle doit rentrer. Une bise à Juliette et à Anaïs et elle rentre à la ferme.

Le foin coupé, les javelles sont liées et dressées dans le champ. Ce matin Louis et Albert partent pour le rentrer sous le hangar. La première charrette est déchargée à dix heures et le deuxième voyage est fait à midi. Alphonse est venu à chaque fois pour monter le tas. Il reste, malgré ses difficultés à bien bouger, têtu pour ces travaux et il veut que tout soit fait bien droit et aligné. Germaine vient aider pour les trois voyages de l'après-midi avant de retourner à son étable.

Tout avance à son rythme en attendant la venue de la batterie.

Dimanche midi un homme avec un baluchon sur le dos arrive en poussant un vélo qui n'a ni chaîne ni pédales. Alphonse le voit appuyer son deux roues sur le pilier du portail, défaire son baluchon et le poser par terre puis il vient vers la maison.

- Bonjour monsieur Alphonse
- Qui es tu ? Et tu me connais !
- Pas tout à fait, c'est François qui m'envoie
- Quel François ?
- Mon patron de la batterie
- Ah ! … Oui … Et alors ?
- On arrive demain dans la journée pour battre.
- Il ne peut pas venir lui-même ?
- Non, il y en a deux qui se sont battus et les gendarmes sont venus.
- Ça s'annonce bien.
- Il m'a dit de vous dire que ça irai, les deux ne seront pas là : il y en a un à l'hopital et l'autre en taule !
- Il va manquer du monde
- Non, ne t'inquiètes pas, il y a toujours des volontaires à l'embauche.
- Ouf ! Bon on va préparer dès demain matin.

– Au fait monsieur Alphonse, où je peux dormir pour ce soir ?
– Tiens il y a Louis qui arrive, viens avec moi, on va arranger ça.

Alphonse revient à la maison et annonce la nouvelle à Blanche. Germaine qui était à son côté demande combien ils seront autour de la batteuse et si elle y travaillera

– Non, tu aideras ta mère à la maison, il y aura une vingtaine de gourmands à nourrir. Faudra faire au moins quatre miches de pain tous les jours. On ne va pas les faire faire par le boulanger cette fois-ci. Et puis les gars de batterie te chahuteraient certainement.
– Tu crois ?
– Ils n'ont pas de femmes avec eux et je les connais un peu dans leur comportement
– Je devine, je ferai mes vaches et la cuisine avec maman.
– Demain matin avec Albert et Louis, on installera de la paille sous l'appenti au bout des soues à cochon pour que les gars aient leur coin à dormir. Il ne faut pas qu'ils soient dans la grange. Ils pourraient y mettre le feu comme l'an passé à Gaubert.
– Avec Germaine on tirera de l'eau et on rem-

plira le grand bac où boivent les animaux. Et on va faire du pain dès ce soir.

    Lundi à treize heures un bruit de ferraille avec des pouf-pouf sonores annonce l'arrivée de la batterie. La locomobile traîne un véritable train. Derrière la machine fumante aux grandes roues en fer sont attelés la batteuse, la presse à ballots et la soufflerie avec son stock de tuyaux à menue paille, la bale. L'ensemble arrive à une trentaine de mètres du portail. François Balbeau manœuvre des vannes et des leviers pour immobiliser tout son attelage. Ça grince, ça fume de tous les côtés et ça finit par s'arrêter. Alphonse qui a entendu est sorti, vient saluer François et le fait venir dans la pâture pour voir les meules. Ils tournent tous les deux pendant un bon quart d'heure et François propose de s'installer entre les deux premières meules, il se déplacera ensuite une seule fois pour les autres. Quand ils sont de retour à côté de la machine, il y a trois chemineaux qui arrivent. Ce sont des gars qui suivent François depuis plusieurs saisons de battage. François les interpelle et leur demande un coup de main, il connaît ce trio, sales, mal habillés, un peu fort sur la bouteille mais serviables et sérieux quand la machine est en route. Ils détellent la soufflerie et la presse sans oublier de mettre des cales aux roues. François tire la batteuse dans la pâture et s'arrête, descend de la machine, regarde où il en est par rapport aux meules, remonte et avance d'un mètre. Il la cale et revient atteler sur la presse, il demande à ses gars de venir pour la pousser au dernier moment, il va seulement la mettre en alignement. La manœuvre recommence avec la soufflerie. Il reste à installer la locomobile à la bonne distance. François mesure au pas et pose au sol le cric spécial à côté de deux piquets en fer et la masse. Il avance, recule, tourne le volant, se penche pour voir puis s'arrête. Il descend et compte au pas la distance entre la batteuse et sa machine. Il semble satisfait et déroule la grande courroie, la pose sur la roue principale de la batteuse et sur la roue de la machine. Ce n'est pas assez tendu. Il manœuvre et stoppe dès que la tension lui paraît bonne. Il jette un coup d'œil pour vérifier l'alignement. Il enfonce les pieux en fer et cale le cric, et tournant la manivelle, redonne un peu de tension sur la courroie. Il décide d'arrêter tout en attente du lendemain. Alphonse avait regardé de loin l'installation et s'approche de François

- Viens donc voir pour le grain et les ballots de paille.
- Ce sera sans doute à l'étage pour monter les sacs comme d'habitude. Je vois que tu as toujours ton échelle métallique avec ses petites rampes, mes gars aiment bien ça.
- Pour la paille, on montera le tas dans la cour derrière la grange le long du mur du potager.
- Et la menue paille
- Ce sera le problème, tes tuyaux ne peuvent pas

traverser le chemin, faudra travailler avec les grands sacs. J'ai préparé l'emplacement avec des tôles et du bois au fond de la grange. Devant on y mettra une vingtaine de ballots. J'ai gardé les sacs de l'an dernier, les souris n'y ont pas fait trop de trous.
- Bon j'espère que tous mes gars seront là demain à l'embauche
- Pour les cinq ou six qui sont là, on peut leur donner une soupe ce soir.
- Ça va leur donner le moral pour demain.

François retourne inspecter son installation et Alphonse rentre à la maison. Le grand jour c'est demain matin, et dès sept heures ce sera la mise en route.

Alphonse est devant le portail à six heures pour voir l'équipe de François arriver. Ils arrivent presque tous ensemble, huit gars habillés de pantalons de velours élimés, de vestes de toiles raccommodées et d'une casquette ou d'un chapeau déformés par les années. Un baluchon noué autour d'un morceau de bois ou au bout du manche de leur broc.

Ceux qui les rencontreraient le soir pourraient avoir peur. Il y en a deux ou trois qui ont en plus une musette d'où dépasse le goulot d'une bouteille. François qui observe aussi en attrape deux que ne semble pas marcher droit

- Pas de travail pour vous aujourd'hui, vous ne tenez pas debout. Allez cuver au fond de la pâture. On verra tantôt.
- Mais non, on est simplement fatigué
- Oust ! Dégagez !

Les deux compères n'insistent pas et partent, avec leur baluchon sur le dos, de leur démarche hésitante. Francois revient vers Alphonse et lui demande

- Le grand casse est-il bien plein d'eau entre les meules ?
- Oui pas de problème, et c'est Albert qui va surveiller le niveau.
- Bon j'allume. Dans une heure on lance l'affaire.
- Va pas trop vite, Albert est parti chercher le curé avec le cabriolet
- On n'est pas à un quart d'heure près, je l'attendrai.

À dix heures, le seigle est retiré de la première meule et la première gerbe arrive sur le dessus de la batteuse, l'engreneur l'attrape, coupe le lien de seigle d'un coup de son couteau courbe bien aiguisé et fait rentrer le blé dans la machine. Premiers grognements de l'engin, un peu de poussière.

Le cabriolet arrive à cet instant et entre dans la cour. Albert descend et aide le curé à descendre. Il y a aussi un enfant de chœur avec l'eau bénite et le goupillon. Ils viennent au pied de la batteuse. Le curé demande l'échelle et grimpe avec le goupillon à la main. Arrivé sur l'engin, il fait le signe de croix et lance l'eau sur les gerbes qui arrivent, il se tourne un peu et en fait autant vers la meule. Les hommes, se sont arrêtés et ont fait le signe de croix par respect, même s'ils ne franchissent jamais la porte d'une église.

C'est maintenant bien parti. Ils sont deux à la presse à ballots pour nouer les fils de fer et deux autres qui attendent pour les emporter sur le tas à dresser. Alphonse leur fait faire comme un muret de deux hauteurs dans l'angle de la grange pour y vider la bale. Ensuite ils feront le tas au carré au fond de la cour. Les hommes de l'ensachage surveillent l'arrivée du grain en laissant une dizaine de centimètres en haut pour les lier et qu'il reste une prise pour les porteurs. Ils guettent aussi le sac de gauche qui reçoit le petit grain destiné à la basse-cour. Les deux costauds montent les sacs au grenier par l'échelle de fer et les vident sur le sol. Ils connaissent bien la Feularde, c'est leur quatrième saison avec François.

La pause se fait à treize heures pour le repas. Une

soupe, le rata avec un morceau de cochon chacun que Blanche sert dans les assiettes. Les pichets de cidre sont rapidement vidés et Germaine doit faire deux voyages à la cave. A quatorze heures, la locomobile se remet à cracher sa vapeur et le battage reprend.

Jeudi en début d'après-midi, François déplace la batteuse pour les deux dernières meules. Son équipe a bien travaillé et il n'y a pas eu d'incident. Alphonse et Blanche ont été aux petits soins pour eux en apportant à boire trois ou quatre fois par jour et les deux casse-croûte du matin et de l'après-midi. Alphonse avait toujours remarqué que les équipes de battage qui sont bien nourries et qui ont à boire travaillent mieux. Cette année, le battage va être fait dans la semaine.

François installe la batteuse le long des meules

Raymond : le retour ?

Novembre arrive à grands pas. Les travaux des champs se suivent l'un après l'autre sans incident.

Pendant trois jours, Louis est resté à la ferme avec Alphonse pour tarater quelques quintaux de blé pour préparer la semence et payer le dû au boulanger pour les miches de la moisson. Germaine est venue aider et elle a récupéré le petit blé pour la volaille. Le semoir a été nettoyé et mis en service : le mois d'octobre est le meilleur moment pour les premiers semis.

Germaine a pris l'habitude de faire un tour en vélo en début d'après-midi après la vaisselle. Elle ne dit pas où elle va, elle revient presque toujours au bout d'une heure. Sa mère lui laisse un peu de liberté en récompense du travail qu'elle donne : les vaches, l'écrémage, le beurre, les lapins... Tous les jours, elle est debout avant six heures et ne traîne pas pour aller se coucher le soir. Hier elle a fait le tour par Dessainville et Puerthe. Elle savait que les moutons étaient dans le coin. En sortant de Puerthe, elle a pris la route de Bazoches et a aperçu la cabane, qu'elle connaît, cachée en partie par la maison du garde barrière. Elle accélère les coups de pédales et traverse les rails. Elle ralentit et tourne la tête à droite vers la cabane. Le parc est un peu plus loin dans le champ. Deux chiens sont attachés et se lèvent de sous la cabane en entendant le vélo. Ils jappent mais d'un aboiement de reconnaissance. Germaine s'arrête et cherche du regard dans tous les sens puis elle voit le troupeau à trois cents mètres avant le carrefour du chemin de Varize. Anthyme est assis entouré de deux autres de ses chiens pendant que le troisième maintient les moutons en place. Il a vu le vélo au loin. Il se lève et se rapproche du chemin. Les chiens ont eux aussi reconnu celle qui vient et jappent déjà de joie. Germaine freine au dernier moment, la roue se bloque et c'est la chute. Un genou aura perdu un peu de vernis... Anthyme l'aide à se relever et les deux jeunes se retrouvent dans les bras l'un de l'autre. Un bisou sur chaque joue et main dans la main ils partent vers le troupeau. Les chiens font une fête à Germaine et quémandent une caresse en se frottant le long de ses jambes. Un museau passe sous la jupe, Anthyme de la main fait reculer le chien et rabat le tissu. Les deux jeunes se font face. Germaine parle de son travail à la ferme et demande au berger où le troupeau va passer l'hiver.

– Sans doute sous le hangar de mon oncle à la Chenardière au bord de la Conie. Ça fait trois hivers que j'y passe. Mon oncle prépare de la paille, il a du foin en réserve. Comme ça il a son

fumier gratuit pour l'année et je lui donne cinq agneaux au printemps
- C'est loin pour moi pour aller te voir.
- J'aurai du temps pour que ce soit moi.
- D'accord. Bon je repars, mon père ne sait pas que je suis là
- Hum... ça m'étonnerait, vas-y, à la semaine prochaine Germaine
- Ou avant !

Les regards échangés ne sont pas tout à fait comme l'an passé lors des brèves rencontres entre les deux jeunes. Par moment Germaine a les yeux fixés sur Anthyme, ses yeux sont comme vides, éblouis par le visage de celui qui est devant elle.

Blanche aperçoit le vélo entrer dans la cour. Germaine s'empresse de le mettre à sa place sous l'appentis à côté du portail. Elle rentre à la maison en sautillant toute joyeuse de ce début d'après-midi. Elle va dans sa chambre et y fait le ménage. Doucement et sans bruit, sa mère vient voir ce qu'elle fait dans l'entrebaillement de la porte puis revient dans la cuisine.

La Toussaint sera la semaine prochaine. Il est cinq heures quand Louis est de retour des champs avec les chevaux et le canadien. Il détèle dans la cour puis rentre les chevaux à leur place dans l'écurie. Il s'assoit sur le foin dans le coin de l'écurie pour souffler un peu . Un bruit de sabots annonce le retour d'Albert avec ses chevaux, il a laissé la charrue dans le champ. C'est un brabant presque neuf. Louis est en pleine réflexion. Il fait un travail dont il ne se lasse pas. La vie dehors, travailler dans les champs et surtout les chevaux. Il y a des années qu'il ne connaît que ça. Son grand regret : il n'a pas trouvé de femme pour vivre avec lui. Peut-être ses excès de boisson au retour de ses trois années de militaire n'ont pas permis une belle rencontre ? Il a commencé à être sobre quand il a trouvé ce travail de charretier pour livrer des cailloux à la carrière. Puis un jour, la rencontre avec Alphonse au sortir de la guerre, il venait de perdre deux de ses garçons et avait besoin d'un courageux. Il se rappelle ce jour de Toussaint alors qu'il venait dans le pays avec son baluchon sur le dos. Son fouet était en travers dessus et deux crochets à gerbe pendaient à gauche.

Il se sent bien avec sa chambre au dessus de ses chevaux. Au bout de cinq minutes, il quitte ses pensées et lève la tête, se met debout puis ressort. Il va au canadien qui a six dents usées à remplacer. Quelques coups de burin pour faire tomber la terre et dégager l'écrou, un coup de marteau sur le manche de la clef anglaise et c'est parti : ça se dévisse. Alphonse arrive derrière Louis alors qu'il est en train de reposer la première dent neuve.

— Hé bien, tu ne m'as pas attendu. C'est bon, as-tu

regardé combien il reste de dents ?
– Une dizaine, patron. J'ai mis en tas toutes celles qui sont usées. Certaines sont bonnes à la ferraille mais près de la moitié peuvent être rechargées.
– Ça ne suffira pas pour la saison, j'irai demain en faire battre au maréchal.

Louis est surpris de son patron. Il y a quelque chose pas habituel dans son regard et jamais il ne fait ces réflexions quand il change des pièces sur les outils ou un soc sur la charrue. Il le voit retourner vers la maison puis il bifurque vers l'étable. Il franchit la porte restée ouverte, reste dans l'embrasure et repart.

Le lendemain matin, Germaine, qui a fini la traite depuis une demi-heure, revient du jardin avec une panière pleine de linge. Il était à sécher sur le fil depuis la veille. Elle va le déposer à la maison en laissant passer son père devant elle. Quelques minutes après, elle ressort pour s'occuper les lapins et des poules comme chaque jour. Ce matin elle dit à sa mère qu'elle ira faire un tour en vélo avant le dîner. Blanche se doute de quelque chose.

Avant la traite du soir, Germaine prend la direction du passage à niveau puis remonte vers Puerthe. D'un coup d'œil elle voit que le troupeau de moutons a changé de domicile. Germaine pédale fort, évite les nids de poule et passe rapidement devant les quelques maisons. Ce n'est plus vers Bazoches qu'elle s'engage. Anthyme lui avait dit qu'il changeait lors de sa dernière visite. Une ferme à droite, le carrefour, une ferme à gauche puis entre deux murs, un petit chemin va dans les champs. Le vélo emprunte ce petit chemin au bout duquel on voit une cabane de berger à trois roues et le parc à moutons clos avec ses claies. Il est vide. Les deux chiens, attachés à la cabane, aboient en voyant Germaine. Elle s'arrête et d'une seule parole les calme. Ils commencent à bien la connaître, elle vient voir leur maître une ou deux fois dans la semaine depuis que le troupeau est venu paître dans les chaumes dans ce coin de Beauce. Sans descendre du vélo, elle cherche du regard les moutons. Ils sont vers Civry à moins de deux cents mètres et sont sur le chemin du retour au parc. Le berger est à l'avant des bêtes qui sont maintenues groupées par deux chiens qui n'arrêtent pas les navettes tout au long. Germaine fait des grands signes et le berger lui répond. Il accélère un peu le pas. Anthyme aime bien ces quelques moments où il retrouve sa copine d'école. Il se rappelle ces quatre années dans la même école, lui était avec les grands et elle avec les plus petits. Depuis déjà plusieurs années, il est à la tête du troupeau de son regretté père. Germaine revient à côté de la cabane, pose son vélo et se poste à l'entrée du parc. Elle guide les premiers moutons à entrer. Elle ferme les deux claies dès que le dernier est passé. Anthyme se rapproche et lui fait une bise sur la joue. Ils conversent sagement pendant une demi-heure même si par moment les mains se frôlent. Germaine prend le chemin du retour toute joyeuse.

Dans les haies, les feuilles changent de couleur. Les pommes et les poires sont mûres dans le potager. Les hirondelles ne volent plus depuis longtemps dans la cour de la ferme, elles sont reparties vers les contrées plus chaudes. L'automne est bien là. Dans les champs, c'est Louis qui est à l'œuvre derrière la charrue. C'est le brabant qu'il faut retourner à chaque bout, c'est un gain de temps et on ne se retrouve plus avec pratiquement un fossé ou une butte dans le milieu du champ.

Albert est depuis deux jours dans le champ le long de la ligne de chemin de fer vers le village. Il termine l'arrachage des betteraves dont il a coupé le collet. Il y est venu avec son attelage sur le tombereau. Il charge les racines qui serviront de nourriture aux vaches cet hiver. A onze heures le chargement est presque terminé et il repart vers la ferme. Il entre dans la pâture en face et vide son chargement sur le tas qui fait déjà quelques mètres de longueur. Il fait avancer ses chevaux, cale les roues et les détele. Il les conduit au licol dans la cour pour qu'ils s'abreuvent puis les rentre à leurs places dans l'écurie. Il vérifie ce qu'il leur reste dans leurs râteliers : une bro-quetée de foin sec va compléter ce qui reste. Albert retourne dans la pâture pour remonter sur le tas les betteraves qui ont roulé par terre puis va à la maison pour le repas du midi.

Alphonse termine le morceau de fromage et demande à Albert où il en est de son champ de betteraves. Albert lui annonce la fin pour ce soir ou au pire demain matin. Alphonse ne dit rien, plie son couteau et se lève. Tout le monde suit.

Ce lundi en début d'après-midi, Germaine est dans la pâture en face. Elle participe encore un peu plus à la vie de la ferme : depuis sa réussite au certificat elle ne retourne plus à l'école. Elle continue de recouvrir le tas de betteraves avec de la paille et un peu de terre. Louis avait fait deux tours avec le brabant pour retourner l'herbe et préparer le terrain. Un coup de canadien et de rouleau, une couche de paille et Albert avait pu décharger ses tombereaux.

Blanche a débarrassé la table et fait la vaisselle, Alphonse a fait son tour pour voir ce qui se passe dans l'étable et l'écurie. Il est revenu et s'assoit avec dans la main la lettre de Raymond reçue avant-hier qui annonce sa libération pour la fin de la semaine. Il doit quitter sa caserne dans la ville de Metz mercredi dans la journée. Il doit revenir par le train, mais lequel ? Au bout d'une demi heure; la décision est prise : à partir de jeudi Alphonse sera à la gare à chaque arrivée de train.

Louis passe le rouleau dans le champ qui longe la route vers le moulin depuis le matin, le blé est bien levé et il faut bien tasser la terre en prévision de l'hiver. Il reste deux ou trois tours à faire quand il aperçoit, comme depuis trois jours, le cabriolet, de retour du village, traverser la ligne de chemin de fer au passage à niveau . De loin, il voit qu'il y a un passager avec Alphonse. Il arrête l'attelage et regarde avec attention. C'est bien Raymond qui a les rênes en main et mène Vaillant. Il ralentit quand il aperçoit Louis et lui fait des grands gestes. Louis prend la décision de dételer et de rentrer à la ferme, tant pis si Alphonse n'est pas content. Il arrive moins de cinq minutes après le cabriolet de la maison. Raymond prend le charretier de la maison dans ses bras, il y a si longtemps qu'il ne l'a pas vu ! Les effusions ne durent pas, Alphonse dit à Louis de rentrer les chevaux à l'écurie maintenant. À la maison, c'est la fête, Blanche ne peut pas retenir ses larmes et Germaine n'est pas en reste. Raymond sort de la cuisine et va faire le tour de la ferme. Il ouvre les portes des écuries, de la soue à cochon, de l'étable, fait le tour du potager. Il revient dans la cuisine et demande à son père où est Jean.

    Alphonse lui répond :
– Je l'ai découvert un jour avec un comportement étrange dans l'étable
– Qu'est-ce qu'il a fait ?
– Debout derrière une vache sur un ballot et…

– Je devine, tu as eu peur pour Germaine
– Oui et je l'ai renvoyé mais je ne pouvais pas l'abandonner comme ça, je l'ai fait embaucher à la carrière où travaillait Louis, là-bas il n'y a pas de jeunes filles.
– Qui s'occupe des vaches alors ?
– C'est Germaine. Pour les travaux des champs il y a Albert en second charretier qui travaille bien. Louis marche moins bien avec l'âge mais il est rude à la souffrance. J'essaye de le soulager.
– Et la moisson ça a donné quoi ?
– Pas trop mal, heureusement que l'étable et la basse cour nous donne à manger.
– Et dans les autres fermes, ça va comment.
– C'est dur pour tout le monde. Tu sais que les bras manquent depuis la guerre.

Blanche avait envoyé Germaine à la cave chercher une bouteille de cidre bouché pour fêter le retour du fils. Elle est partagée entre tous, Albert étant revenu aussi quand il avait vu Louis dételer.
– Demain matin, Louis et Albert, vous allez aux champs finir ce qui est en route et retour à midi pour un repas de fête pour Raymond.
– J'en ai pour une heure - annonce Louis
– Moi deux dit Albert.
– Et moi je fais quoi ? Demande Germaine.
– Tu vois avec ta mère pour tuer un canard et

demain tu le cuisineras avec elle. En attendant je pense que tu peux préparer le four pour une tournée de pain.

Puis se tournant vers Raymond, Alphonse lui demande si tout va bien et comment s'est passé son voyage de retour à la maison.

Raymond s'installe à califourchon sur une chaise, le dossier appuyé sur le bord de la table. Il conte ses deux années dans l'est. Il a changé trois fois de caserne pour terminer à Metz. Il a fait l'apprentissage de la conduite des camions et aussi la mécanique à faire dessus. On lui a même donné le permis de conduire les engins à moteur. Il a aussi appris le pilotage d'un char. Il explique longuement le déplacement de ces drôles d'engins par les chenilles placées de chaque côté, qu'on en freine une pour tourner et la tourelle qui pivote pour diriger le canon. Louis et Albert lui ayant demandé si l'armée avait encore des chevaux, Raymond confirme qu'il y a toujours des cavaliers et des régiments d'artillerie avec des canons tirés par les chevaux. Alphonse et ses charretiers sont captivés par ce récit. Blanche intervient pour demander s'il y avait des filles là-bas.

– Tu veux parler des filles à soldats. Elles étaient dans des maisons. Ça c'est un endroit où je n'ai jamais mis les pieds. Notre étable est plus propre !

– Quand même tu exagères !

– C'est une façon de parler.
– Et pour manger, comment c'était ?
– Il y avait deux cuisiniers de métier avec des jardiniers et deux couvreurs ! Tu devines ce qui sortait de la cuisine. Ce n'était pas trop mauvais et quand tu as faim, tu manges un peu n'importe quoi. En plus je n'ai vu personne malade.
– Tu vas te régaler avec nous, ça va te changer.
– Certainement. Et ici comment va la ferme ?
– Bien, répond Alphonse. Tu sais j'ai eu la chance le jour où j'ai embauché Louis.
– Je me rappelle. Avant on était tous les deux avec maman qui nous aidait mais je faisais plein de bêtises, je ne connaissais pas grand chose pour mener les chevaux. Et je n'en sais pas plus aujourd'hui. Je connais mieux la conduite d'un camion, ou d'un tracteur, que d'un attelage. Je sais aussi les dépanner.
– L'armée t'as transformé. Il n'y a pas que l'armée qui se transforme.
– As-tu été en ville il y a longtemps ?
– Au mois de juin, et le père Pousset m'a montré un tracteur et j'ai croisé une voiture.
– Je suis passé par Paris au retour et je suis allé par l'omnibus à cheval pour changer de gare. C'est la folie dans la capitale ! Il y a des charrettes, des omnibus à cheval et à moteur, des cabriolets, des voitures taxis et d'autres. Il y a même un train sous

terre, ils appellent ça le métropolitain. Ça se croise, ça se bouscule, les agents de ville ont du mal aux carrefours. C'est vraiment tranquille ici. Je pense qu'on verra aussi ici des voitures dans quelques années.

— Dis donc, il y a quelque chose que tu ne parles pas.

— Quoi ?

— Celle qui t'écrivait. Tu nous en avait parlé lors d'une permission.

— C'était une fille que j'avais rencontré lors de la fête à Patay, c'est tout !

— Oh ! Ta réponse me fait croire qu'il y a eu d'autres lettres.

— Euh... je vous en reparlerais plus tard. Au fait mon vélo est-il toujours au même endroit ?

— A part une couche de poussières, il n'a pas changé.

— Je vais le voir et je vais m'en servir tout de suite

— Tu vas où ?

— A Patay.

— Tu n'y aurais pas fait un arrêt hier soir par hasard ?

— Bah.... je vous en reparlerais

Sur ces paroles Raymond se lève et va voir son vélo laissant ses parents un peu interloqués. Il le trouve effectivement appuyé sur des ballots de paille et les araignées s'en sont donné à cœur joie : Les toiles enveloppent les rayons des roues et joignent la selle au porte-bagages. Raymond le sort dans la cour, attrape un balai et nettoie son engin. Il regarde les pneus, ils ont besoin d'air. Raymond les regonfle en s'échinant sur la pompe.

Louis et Albert arrivent derrière lui, le regarde. Louis lui demande

– Tu n'es pas arrivé directement ici depuis Orléans. Tu as fait un arrêt ?
– Oui
– Et tu y retournes
– Oui
– Tes parents vont faire la tête.
– Je sais, mais dans la vie il n'y a pas que la ferme. Je ne sais pas encore ce que je vais faire. En tout cas continuez à faire votre travail.

À ce moment, Germaine revient du potager avec des navets et des carottes qu'elle vient d'arracher pour préparer le repas de demain. Elle s'approche de son frère et l'embrasse. Elle lui exprime son bonheur de le revoir à la ferme. Il la serre dans ses bras.

– Alors comme ça, tu es une grande, tu t'occupes des vaches et de la basse cour. C'est le travail d'une vraie fermière.

– Ça me plaît, je n'aime pas rester à rien faire
– Continue, moi je vais faire une grande ballade. A demain midi, mais chuutt, tu ne le dis pas à papa et maman.
– D'accord.

Raymond va à la maison, enfile sa veste, fait une bise à sa mère et lui annonce son retour demain matin. Il ressort, enfourche son vélo et s'en va.

Alphonse rejoint Blanche dans la cuisine. Il s'assoit à sa place habituelle. Il regarde son épouse puis se pose le menton dans les mains. Il est inquiet. Le fait que Raymond ne reste pas avec eux ce soir l'inquiète pour l'avenir. Son fils a parlé de la ferme et de la moisson sans entrain. Et en plus, il était pressé de partir. Il sait qu'il y a une jeune femme qui doit l'attendre. Ils n'en connaissent que le prénom, Paulette, et qu'elle n'est pas dans le monde de l'agriculture. Demain, ils demanderont à Raymond de leur présenter sa Paulette et ils essayeront de savoir ce que le futur couple pense faire dans l'avenir. Germaine arrive à cet instant. Elle regarde ses parents et voit que quelque chose ne va pas. Elle ne reste pas et va dans sa chambre. Le départ de son frère de la maison quelques heures après son retour la tracasse aussi.

A dix heures Germaine aide sa mère à éplucher les carottes et les navets. Blanche a plumé et vidé le canard hier soir. Elle le découpe puis le fait blanchir dans la cocotte avec du saindoux. Sur la table elle a posé un morceau de cochon qu'elle a pris tout à l'heure dans un pot à la cave. Elle le met dans l'eau quelques instants en le frottant pour retirer le sel puis le découpe en petits dés. Elle retire les morceaux de canard qui ont pris de la couleur et les dépose sur une assiette. Les dés de cochon remplacent le canard. Blanche tourne avec une cuillère en bois puis demande à Germaine d'aller chercher une bouteille de cidre bouché à la cave et de l'ouvrir. Deux minutes plus tard, Germaine pose la bouteille ouverte sur la table, sa mère la prend et en verse la moitié dans la cocotte, juste pour recouvrir le cochon et les morceaux de canard qu'elle vient de remettre. Elle repose le couvercle dessus et écarte la cocotte vers le bord de la cuisinière où le feu est moins fort. Germaine a regardé sa mère faire et lui demande pour les carottes et les navets qu'elle a laissés dans l'eau.

– On les mettra dans une demi-heure sur la viande, coupe les carottes en deux ou trois selon la longueur et les navets par le milieu.
– Je les prépare. Maman d'habitude tu mets du sel dans les gamelles pendant la cuisson, aujourd'hui t'en mets pas ?
– Si tout à l'heure avec tes légumes. Quand on mettra la table tu iras chercher la dernière terrine qu'on a fait. C'est un repas de fête tout à l'heure.

— Pour une fête je dois m'habiller mieux que ce que j'ai mis ! Je vais me changer !
— Tu as le temps, attend midi moins le quart.

Pendant que les femmes s'activent à la cuisine, Alphonse fait le tour de la ferme. La grange, le hangar, l'étable, les écuries et les autres appentis et petits bâtiments ont sa visite.

Il regarde partout et cherche parmi les outils et matériels ce qui n'est pas en bon état. Déchaumeuse, rouleaux, canadiens, javeleuse, moissonneuse lieuse, la vieille araire et le brabant, le semoir, les herses : il se fait dans la tête l'inventaire de tout ça. Pour les prochaines saisons, il y en aura à remplacer. Il sort dans la cour et cherche du regard si Louis est là. Le charretier est à l'écurie avec son second en train de renouveler la paille et ils remplissent les auges et les râteliers. Alphonse les ayant entendu vient les rejoindre et les invitent à regarder avec lui le matériel. Une sonnette de vélo qui tinte leur fait tourner la tête : c'est Raymond qui arrive, il est onze heures et demi.

A midi et demi, tout le monde est à table et attend qu'Alphonse entame la terrine de pâté pour se servir. L'ambiance n'est pas tout à fait festive. On sent que le retour de Raymond ne s'est pas fait comme Alphonse et

Blanche l'espéraient. Personne ne parle jusqu'au moment où la cocotte avec le canard arrive sur la table. Raymond complimente sa mère et sa sœur pour la qualité de ce plat. Les langues se délient et à quinze heures tout le monde est encore autour de la table. Ils écoutent les souvenirs de militaire du fils de la maison.

Raymond part en vélo rejoindre son amoureuse

Trois ans plus tard, un berger...

Alphonse est assis sur le banc à côté de Blanche. Le soleil couchant de début novembre est encore fort et les réchauffe. Alphonse se tourne vers sa femme et lui demande si son costume est prêt. Blanche lui confirme qu'elle l'a mis sur un cintre accroché à l'espagnolette de la fenêtre de la petite chambre et que sa chemise l'attend avec sa cravate sur la table de toilette. Louis revient avec ses chevaux et le tombereau. Il est de retour du champ de la route de Puerthe où il a fait un voyage de fumier. Il détèle les chevaux et les rentre à l'écurie puis défait ses bottes avant de mettre ses sabots. Il rejoint ses vieux patrons et s'assoit à côté d'eux. Albert, le second arrive à son tour avec ses chevaux, les herses sont restées dans le champ. Il rejoint tout le monde mais reste debout.

– Patron, c'est à quelle heure la cérémonie ?
– A neuf heures et demie le curé dira une grande messe puis tout le monde sera devant le monument pour onze heures.
– Je suis passé hier, il est beau, ce qui est triste ce sont tous ces noms dessus.

— Oui, nous, nous les connaissions tous. reprend Blanche.

— Je serai avec vous demain matin, je m'occuperai des chevaux pour qu'ils passent la journée au calme dans l'écurie.

— Merci Albert, tu deviens presque un premier commis, hein Louis ?

— Plus j'ai du mal à avancer plus j'en vois un qui lui avance bien et c'est toi Albert. Au fait certains soirs, tu es pressé de partir. Qu'est-ce qui te fait courir ?

— Heu... Ce n'est peut-être pas le jour d'en parler

— On le saura un jour ou l'autre qui te fait marcher comme ça ! Hein Blanche ?

— C'est de son âge, il va quand même pas passer trente ans tout seul.

A ce moment Germaine entre dans la cour sur son vélo. Elle a un panier accroché au guidon. Elle range son deux roues à l'abri sous la grange, décroche le panier et vient vers toute la famille qui la regarde. Elle passe devant tout le monde sans rien dire et va poser son panier sur la table de la cuisine. Elle ressort et les regarde.

— Vous attendez quoi ? J'ai rapporté la moutarde, la bouteille de vin et les trois courses que tu m'avais demandées, maman.

— Tu m'avais dit que ça ne te prendrais pas plus

d'un quart d'heure en y allant en vélo, et ça fait bientôt une heure que tu es partie. Tu as fait la queue à l'épicerie ?
– Heu... Non
– Il y a sans doute quelqu'un qui t'as arrêtée…
– C'est le passage à niveau qui était fermé... susurre Louis

Germaine se cache les joues qui rougissent, se tourne et rentre sans rien dire. Sa mère se lève et entre derrière elle.

A quatre heures les deux charretiers sont déjà au travail dans l'écurie, les chevaux ne vont pas sortir aujourd'hui. A cinq heures et demie, c'est Germaine qui se lève et va traire les vaches. Elle a repris ce travail sans rechigner lorsque son père a fait partir Jean. Depuis elle a expliqué à ses parents qu'elle voulait apprendre tout dans la ferme. Alphonse et Blanche l'ont aidée pendant trois mois avant de la laisser seule à l'étable et elle se débrouille très bien. A sept heures, les bidons de lait sont pleins et rangés dans la laiterie. Germaine ouvre la porte de l'étable et les vaches prennent le chemin de la pâture en face de la ferme. Il n'y a pas de mauvais temps prévu aujourd'hui d'après Louis qui a regardé d'où venait le vent à six heures hier soir. Dix minutes plus tard, Blanche sert le café à sa fille qui lui demande à quelle heure ils partent pour la cérémonie.

– Á neuf heures précises, il ne faut pas être en retard à l'église.
– Papa y vient aussi ?
– Oui, Louis et Albert aussi.
– Et Raymond ?
– Il est déjà prêt et il part dans cinq minutes, il doit préparer quelque chose avec monsieur le maire.
– Je vais m'habiller, qu'est ce que je mets ?
– Pendant que tu travaillais je t'ai tout préparé sur ton lit.
– Merci maman, je me dépêche.

La demie de huit heures voit Louis et Albert préparer le cabriolet et y atteler Vaillant qui malgré ses années est toujours en forme pour emmener toute la famille. En attendant leur patron, les deux hommes astiquent les cuirs et les chromes, redonnent un coup de brosse sur la croupe du cheval et nettoient même les sabots avec un seau d'eau et un vieux torchon. Quand la porte de la maison s'ouvre, ils se mettent droit comme un I et aident leurs patrons à s'installer. A leur tour ils grimpent avec plus ou moins de difficultés. Derrière eux. Germaine monte la dernière et se cale à côté des charretiers. L'attelage part lentement vers le village. Dès les premières maisons, Germaine remarque des drapeaux tricolores accrochés à toutes les maisons. Des gens se dirigent vers le centre du village, tous vêtus de noir ou de sombre. Les hommes sont en chapeaux et beaucoup de dames ont soit un fichu noir qui cache les cheveux soit un chapeau avec une légère voilette devant les yeux.

Devant l'importance de la foule déjà présente, Alphonse arrête Vaillant bien avant la boutique de l'épicière et attache le licol à un anneau à côté de la porte d'une maison. Blanche tient Alphonse par le bras, Germaine les suit accompagnée de Louis et d'Albert. Les habitants arrêtent leur conversation et les regardent entrer à l'église. Ils entrent à leur tour. Les hommes s'installent dans les bancs de droite et les femmes, avec les enfants, à gauche. Beaucoup sont obligés de rester debout. La messe commence quelques minutes plus tard dite par le père Rousseau. Le bedeau est à l'harmonium et trois hommes accompagnent la quinzaine de femmes qui chantent les cantiques et les prières. En face d'eux, trois drapeaux tricolores portés par des hommes avec des gants blancs. Cinq anciens soldats portent des médailles sur la poitrine. Raymond est avec eux. Ils se tiennent figés bien droit derrière les drapeaux. Un détachement militaire d'une vingtaine d'hommes en grande tenue avec le fusil se tient de chaque côté de l'autel. Au premier rang des fidèles, monsieur le maire assiste ceint de son écharpe. Son adjoint et les conseillers sont assis à ses côtés. Germaine est recueillie tout au long de l'office. De temps en temps, elle jette un œil autour d'elle. Elle reconnaît ses anciennes camarades d'écoles, leurs frères et leurs mères. Tous ont un air grave. Le curé fait un appel à la paix et au pardon dans son homélie et invite tous les fidèles à la prière.

L'eucharistie dure un long moment et on entend les pièces de monnaie tomber dans la soucoupe posée sur une sellette. Quand c'est son tour de prendre l'hostie, Germaine ne peut s'empêcher de regarder la soucoupe en y mettant son obole : elle déborde de billets et de pièces. Elle revient à sa place et prie la tête dans les mains. Elle se demande à cet instant si Anthyme est là lui aussi. Elle pense de plus en plus souvent à lui et quelques fois elle espère le voir au détour du chemin quand elle va mener les vaches à la pâture aux beaux jours. Le curé bénit toute l'assistance et l'invite à se rendre juste à côté devant le monument en hommage aux victimes du conflit des années de guerre terminée depuis sept ans. Les fidèles sortent en silence et s'écartent pour laisser passer les militaires, le maire avec ses conseillers et les porte drapeaux.

La foule attend sur la place et de l'autre côté de la rue. Ils sont au moins deux fois la population de la commune. C'est le premier monument aux morts qui est inauguré dans le canton. Les habitants ont été généreux pour la souscription et le conseil municipal a bloqué une partie de son budget. Le maçon qui a préparé le socle n'en a pas demandé le paiement : il a fait ce cadeau pour ceux qui ne sont plus là. Le marbrier est venu graver les dix-huit noms des enfants de la commune morts pour le pays. Alors que chacun se met en place autour du maire et de ses collègues des autres communes aux alentours, de l'instituteur, du curé, une musique militaire retentit depuis la rue qui monte de la Conie. C'est la fanfare du régiment de la caserne de Châteaudun qui arrive. Le détachement est au garde-à-vous derrière le monument, la musique s'arrête sur le côté et entame la Marseillaise. Monsieur le maire commence son discours. Il rappelle les tristes années qui ont vu plusieurs millions de morts dans les combats dans les tranchées, combats quelques fois au corps-à-corps, combats qui ont vu pour la première fois l'usage de gaz mortels. Certains dans l'assistance essuient une larme. On entend même des pleurs. Le maire demande une minute de silence ponctuée par la sonnerie « Aux Morts ». Les drapeaux s'inclinent, les hommes retirent leurs chapeaux. Tout le monde reste immobile. Alphonse est appelé devant le monument. Il sort un papier de sa poche. Il n'avait même pas dit à Blanche qu'il serait au centre de cette cérémonie. Il appelle à son côté son fils Raymond. La foule semble encore plus silencieuse. Alphonse commence d'une voix grave et lente à dire la litanie des noms et prénoms de ceux qui ont perdus la vie et qui ont leur nom gravés dans le marbre du monument. L'émotion est à son maximum quand il arrive aux noms de ses propres enfants. Raymond a comme une boule dans la gorge mais réussit à se maîtriser et annonce comme pour les autres « mort pour la France ». C'étaient les derniers de la liste et devant la foule le père et le fils tombent dans les bras l'un de l'autre. Les militaires du détachement tirent une salve en l'air et la musique clôt la cérémonie par une deuxième Marseillaise. Toutes les familles qui ont été touchées par cette guerre viennent entourer Alphonse et Raymond, leur serrent la main, les étreignent, les remercient. Monsieur le maire les invitent tous à la salle de la mairie pour partager un verre pour les remercier de leur présence.

Germaine est entrée à la suite de sa mère dans la salle. Elle regarde dans tous les sens mais apparemment Anthyme n'est pas là. Son frère Raymond est en conversation avec des hommes de son âge puis il s'écarte vers le fond au bord de la scène et s'approche d'une jeune fille vêtue de sombre avec un fichu noué en arrière de la tête. Ils semblent bien proches. Germaine s'interroge sur cette rencontre. Elle sait que son frère est plus souvent en dehors de la ferme tant la nuit que des journées entières. La salle est comble. Germaine prévient sa mère qu'elle va dehors pour prendre l'air, cette foule l'étouffe. A l'extérieur il y a aussi beaucoup de monde et Germaine s'écarte en retournant vers l'église et le monument nouvellement inauguré. Elle s'arrête au plus près et lit la liste des noms. Elle reste silencieuse et a un mouvement de tête, comme si elle réprimait un sanglot quand elle arrive aux noms de ses frères. Une bonne minute plus tard, elle bouge et se retourne. En levant la tête, elle aperçoit Anthyme à l'angle de la route de Bazoches. Il la regarde. Il fait un pas, Germaine reste immobile, comme pétrifiée puis se décide d'un coup : en trois enjambées elle est dans ses bras. Les deux jeunes se reculent dans un petit chemin entre deux maisons pour être à l'abri des regards de ceux qui sortent de la salle de la mairie. C'est une brève rencontre de deux amoureux qui commencent à moins se cacher surtout que Blanche ne semble pas opposée à ces rendez-vous pourvu qu'ils ne durent pas trop longtemps. Dix minutes plus tard, Germaine est revenue devant la salle, elle ajuste son fichu et entre pour retrouver sa mère. Blanche la voit arriver avec une tête différente de celle qu'elle avait en sortant.

– Germaine, aurais-tu vu quelqu'un dehors ? Ton visage est éblouissant de joie !
– Maman ça se voit tant que ça ?
– Alors il est venu ?
– Oui, il était arrivé par la route de Bazoches et la Vignette.
– Et alors ?
– Heu....Tu l'as embrassé ?
– Bah... oui
– La semaine prochaine, il vient du côté de Dessainville tu m'as dit
– Oui

– On risque de ne pas te voir souvent à la ferme

– Maman j'ai mon travail avec les vaches et la basse cour. Je n'irais le voir qu'après s'il me reste du temps. Je ne vais pas laisser le fromage en route sans m'en occuper, il serait perdu.

– Ça m'étonnerait que tu tiennes parole. En tout cas je n'en parle pas à ton père. Je crois qu'il ne sais rien et je suis sûre qu'il ne veut pas de ça.

– Oh... maman

Blanche sert dans ses bras sa fille. Elle la prend par la main et la guide vers la scène où Raymond et son père sont en compagnie de la jeune femme que Germaine a aperçu tout à l'heure en entrant. C'est sans doute cette femme dont sa mère a déjà parlé à la maison avec son père. Elle se doutait que son frère avait une future fiancée mais ça lui fait quand même un choc d'être face à elle. Blanche présente Paulette à Germaine qui lui tend la main, Paulette la prend doucement, l'écarte gentiment et la prenant par l'épaule lui fait une bise en lui glissant un petit mot à l'oreille. Germaine rougit de nouveau. Paulette se retourne vers Blanche et engage la conversation sur la ferme et les résultats de la dernière moisson. Pendant dix minutes les deux femmes ne s'occupent plus de ce qui se passe autour d'elles. Il y a des échanges de sourires et même des éclats de rire.

Les verres sont vides et les conversations se tarissent annonçant la fin de la cérémonie. Chacun se prépare à rentrer chez soi. Alphonse cherche du regard ses charretiers mais ne les voit pas. Sorti dans la rue avec Blanche et Germaine, il va vers Vaillant et le cabriolet qui sont toujours à côté de la porte au-delà de l'épicerie. Alphonse flatte son cheval sans le détacher et fait demi-tour et quelques pas puis s'arrête devant le bistrot qui jouxte l'épicerie. Il y a même à l'intérieur un passage pour aller de l'un à l'autre. La clochette tinte à l'ouverture de la porte et les têtes se tournent pour regarder l'entrant. Alphonse voit aussitôt Louis et Albert attablés sur la droite. Louis se lève et venant vers son patron lui dit qu'ils seront de retour sur le coup des six heures pour s'occuper des chevaux. Alphonse d'un geste de la tête approuve et ressort.

Germaine attend son père en tenant le licol de Vaillant qu'elle a détaché et l'aide à monter. Le retour vers la Feularde se fait sans un mot.

Blanche s'empresse de mettre la cocotte sur la cuisinière et ravive les flammes avec un aller et retour du tisonnier puis commence à mettre la table. Alphonse ne tarde pas à revenir de l'écurie où Vaillant a retrouvé sa place. Blanche pose au milieu de la table la terrine de pâté et la miche de pain à côté de l'assiette de son mari. Germaine s'installe en face de son père à l'autre bout de la longue table. Son père lui fait remarquer et l'invite à se rapprocher en s'asseyant en face de sa mère.

– Papa, c'est ma place, pourquoi veux-tu que je me mette là.
– Viens on n'est que tous les trois. En famille. Et c'est plus facile, le plat n'a pas à aller à l'autre bout.
– J'arrive avec mon assiette.
– Avec ta mère on a quelque chose à te dire
– Ah... quelle bêtise ai-je faite ?
– Non rien, mais même si je ne t'ai rien dit pour l'instant, j'ai des yeux, et ta mère aussi.
– Qu'est ce que vous avez vu ?
– Un berger
– Un ! Un ! Un berger !
– Depuis ton certificat, tu travailles dur à la ferme, tu t'occupes bien des vaches et tu réussis le beurre et le fromage. Rien qu'avec toi on a à manger tous les jours : les œufs, les légumes, presque tout quoi.
– Oui papa, je veux plus tard être capable de le faire pour moi.
– Il te reste pour ça à apprendre un peu plus la cuisine » fait remarquer sa mère.
– C'est vrai que je n'ai pas encore fait le rata, par contre je t'ai aidé pour les pâtés.
– Tu as le temps encore pour apprendre.
– Bon Germaine, reprend son père, il faut que je te parle de quelqu'un que tu connais bien…
– Ah…
– Oui il n'est jamais seul quand il travaille, ils sont

au moins deux cents autour de lui. Il a une drôle de maison qui se déplace.

— De qui tu parles papa ?

— Anthyme, ton copain d'école que tu vas voir de temps en temps et de plus en plus souvent. Tu sais, je vois plein de choses même si je ne dis rien. Il y a plus de deux ans que j'ai remarqué ton manège à vélo.

— Heu... oui c'est vrai

— Ta mère n'a pas pu le cacher longtemps, elle aussi au début était inquiète, maintenant cette histoire ne nous fait plus peur. Bon ce n'est pas pour ça que je t'en parle. Tu vas le voir quand ?

— Je ne sais pas. Avant la fin de la semaine sans doute.

— Bon, tu lui diras que je veux le voir pour que son troupeau vienne au printemps sur nos champs. Je sais qu'il est l'hiver à Nottonville, l'an prochain on verra pour le prendre chez nous.

— Oui papa.

Germaine est toute tremblante de ce que son père vient de lui dire. Elle sait qu'elle va bientôt être une adulte mais entendre son père ne pas la gronder d'aller voir son berger l'a tétanisée. Elle se lève et tombe en pleurs dans les bras de sa mère. Alphonse regarde en fin de compte d'un œil attendri. Sous ses apparences rustres et impressionnantes il a un cœur gros surtout pour sa famille. Il regarde les deux femmes devant lui : sa femme et sa fille. C'est sa famille presque au complet. Depuis la disparition des deux aînés pendant la guerre que la commune a honorés le matin même, Alphonse choie sa fille. Son dernier fils. Raymond, lui, a tracé sa vie. Il n'est à la ferme que par moment et ne fais pas le quart du travail d'un simple ouvrier. Il sent bien qu'il ne lui succédera pas. Raymond parle déjà de son futur mariage prévu l'an prochain au printemps avec Paulette. Cette jeune femme vit à Patay où elle travaille avec sa mère dans une boutique de nouveautés.

Blanche débarrasse la terrine de pâté et la remplace par la cocotte. Elle sert Alphonse puis Germaine avant de se servir. Le repas continue sans un mot, Blanche a du mal à manger, une boule au ventre la bloque. Un morceau de fromage et le café pour Alphonse terminent ce repas si particulier.

Germaine aide sa mère à faire la vaisselle puis va dans sa chambre. Elle se jette sur le lit et pleure. Elle se rappellera de cette journée commencée dans la tristesse du souvenir de la guerre et de la disparition de ses frères dont elle n'a plus qu'un vague souvenir. Elle avait tout juste sept ans quand ils sont partis au front au début de la guerre. Douze ans déjà.

Le monument aux morts sera inauguré avec la participation d'Alphonse et de Raymond

Les moutons seront-ils à la Feularde ?

Le ciel est bien couvert en ce début décembre. Alphonse se lève de table pour clore le casse-croûte matinal et donne l'ordre du départ au travail en pliant son couteau et le rangeant dans sa poche. Depuis l'inauguration du monument, il marche de moins en moins bien et s'appuie presque toujours sur sa canne. Il sort et fait son tour du propriétaire : le potager, la basse cour avec les cabanes à lapins, la grange, l'étable, la soue du cochon et les écuries. Il n'est pas de bonne humeur depuis deux jours. Raymond continue à voler de ses propres ailes ailleurs qu'à la Feularde. Il n'y est d'ailleurs pas venu la semaine dernière évoquant des rendez-vous importants pour son avenir. Depuis son retour du service militaire il ne travaille même pas comme un patron : il regarde les charretiers et s'inquiète de ce qui se passe mais pas d'efforts. L'hiver passé il n'a été dans le bois que pour aider au chargement des bûches. Alphonse est dans ses pensées quand il voit Louis sortir de l'écurie. Il le hèle

— Louis, as-tu discuté avec Raymond depuis son retour. Ça ne me plaît pas du tout ce qu'il fait.

– Avec Albert, on était un midi dans le champ avant de dételer, il est passé et s'est arrêté avec sa moto.
– Il vous a parlé de quelque chose ?
– Sa conversation va toujours vers Patay, Paulette et les moteurs. Il y a quelque chose que je ne comprend pas
– Quoi ?
– Il a du mal à répondre quand je lui parle de la ferme.
– C'est ce qui me tracasse. J'ai peur qu'il parte pour les yeux de sa Paulette et qu'il nous laisse tomber. Je ne sais pas si c'est ça ou nous remplacer par un tracteur.
– Tu te rends compte Louis, je suis en train d'acheter les trois champs des Giboreau qui sont en bordure de la route après le passage à niveau. Il va falloir un troisième homme à la ferme. Je les achète pour lui, moi c'est trop tard.
– Alphonse, ton fils ne te laissera pas tomber ni Blanche. Sois rassuré. Bon moi, j'y vais, je finis de herser le champ de Lislebout et demain ce sera le semoir pour l'orge.

Alphonse regarde Louis partir au travail. Il reste prostré. Blanche qui sortait pour jeter le reste de la cuvette sur le tas de fumier s'arrête d'un coup en voyant son homme comme ça. Elle pose sa cuvette par terre et vient s'asseoir à côté de lui. Elle le sent perdu et lui demande si c'est Raymond qui le tracasse

— Bah oui, je ne le sens pas décidé à travailler avec nous depuis son retour.

— Regarde, il laisse Louis ou Albert mener les chevaux. La seule chose qu'il fait c'est l'entretien des machines et la soudure.

— Il a des idées ailleurs sans doute

— Oui. Mais j'ai l'impression qu'il est une bouche à nourrir sans nous récompenser par son travail quand il est là. Il va avoir vingt-cinq ans, ce n'est plus un gamin.

— Regarde il a réparé le coin de la toiture. Il pense quand même à nous tous.

— Oui, mais je ne vois pas du tout sa Paulette faire le travail que fait Germaine.

— T'inquiètes pas, ça va s'arranger.

Elle se lève, reprend la cuvette, la vide sur le fumier. Elle rentre à la maison, range deux-trois bricoles et donne un coup de balai. Elle pousse les poussières et les miettes dehors. Elle reste un moment à regarder Alphonse. Sentant le regard de sa femme, il se lève et va dans la grange. Il y regarde les éléments de harnais usés. Il se décide à les démonter pour récupérer les lanières de cuir encore utilisables et les anneaux d'acier. Comme un gamin, il passe un coup de balai, se tourne vers le tas de bale, remplit le grand panier d'osier, prend le seau d'orge aplatie et va préparer le seau du cochon. Il se sent presque inutile.

Germaine ouvre la porte de la laiterie et sort les cinq bidons de lait et les mets dessus sur la brouette. C'est le jour et l'heure du ramassage du laitier. Elle dépose les bidons le long du portail en vérifiant qu'ils soient bien bouchés. Elle laisse la brouette dans la cour le long du mur pour transporter les bidons vides en échange tout à l'heure. Elle retourne à la laiterie pour frotter et tourner les six fromages qui sont en train de mûrir.

À l'étable, elle nettoie la litière et remet de la paille propre. Elle fait trois voyages au tas de fumier puis prend un seau d'eau et le balance pour finir le nettoyage de l'étable, un coup de balai et c'est fini pour ce matin de ce côté là. Elle repasse par la maison voir si sa mère a besoin d'elle et va voir dans le potager. Elle en fait le tour puis passe par la basse cour. Elle trouve cinq œufs qu'elle ramène à la maison. Elle les pose dans la petite panière dans le placard. Un bruit dans la rue lui annonce le passage du laitier : les brocs trinquent dans la charrette. Germaine sans se presser va récupérer les vides et les posent à côté de la porte de l'étable. Elle rejoint son père devant la soue du cochon qui grogne en l'entendant arriver. Son père se retourne et la regarde d'un œil attendri. Il lui demande si elle peut remettre une brouettée de paille dans la soue et qu'il la nettoiera demain.

Germaine ne lui répond pas mais va à la grange, récupère la brouette de fer et y charge un demi-ballot de paille qu'elle vient vider et étaler sur le sol bien sale de la soue. Elle ramène la brouette à sa place puis retourne à la maison. Elle discute un peu avec sa mère puis retourne dans sa chambre.

Elle ouvre l'armoire et regarde ses vêtements. Elle se recule puis sort trois ou quatre robes. Elle sont toutes de couleur sombre mais agrémentées de liserés rouges ou bleus, il y en a une avec des petites fleurs au niveau du buste. Elle la pose sur le lit à côté des autres, elle les déplace, se recule, se présente devant la glace en les prenant alternativement devant elle. Elle hésite puis laisse sur le lit celle avec le haut fleuri.

Elle sait que tout à l'heure, après le repas, comme tout son travail est fait, elle va pouvoir rejoindre Anthyme pour peut-être une heure.

Alphonse plie son couteau. Louis et Albert se lèvent et partent dans les champs. Blanche range les assiettes et fait la vaisselle. Alphonse sort et va s'asseoir sur le banc à côté de la porte. Germaine susurre quelques mots à l'oreille de sa mère et part dans sa chambre. Elle se change et se fait une beauté en peignant avec soin ses longs cheveux qu'elle attache avec un foulard. Elle prend son manteau gris pour se protéger du temps assez frais : il n'était pas loin de la gelée blanche ce matin. En passant par la cuisine elle fait une bise à sa mère et n'oublie pas son père qui en grognant lui demande d'être sage.

Deux minutes plus tard Germaine pédale sur le chemin laissant derrière elle la Feularde et son père figé sur son banc. Le chemin pour rejoindre Anthyme est plus long aujourd'hui, il lui avait annoncé vendredi dernier qu'il allait prendre ses quartiers d'hiver à la Chenardière. Le ciel est couvert mais la pluie ne devrait pas tomber. Germaine traverse la ligne de chemin de fer au passage à niveau de Puerthe et file vers Bazoches. Elle s'arrête un instant à Boissay pour regarder le niveau de la Conie qui est haut depuis trois ans. Il est dit que cette rivière étrange a des cycles de sept à dix ans en hautes eaux ou basses. Il y a même des périodes sans un filet d'eau. Elle remonte la côte et traverse Bazoches, prend à gauche devant la moulin en bois qui tourne tout doucement. Germaine traverse Secouray et descend sur Pontault. Elle s'arrête sur le pont de l'autre Conie. Elle cherche le chemin qui longe l'eau et va directement à la Chenardière. Elle le trouve et l'emprunte à pied en poussant son vélo. Elle ne sait pas depuis combien de temps elle est partie. Les bois deviennent plus clair, des bêlements se font entendre pas trop loin. Un peu d'émotion gagne Germaine, elle doit dire à Anthyme ce que son père lui a dit. Encore quelques mètres et elle voit le parc des moutons installé à demi sous le hangar à côté d'un grand tas de paille qui touche presque le toit. Elle cherche du regard la cabane à trois roues. Elle ne la voit pas. Par contre, les chiens sont bien là, attachés au pied d'un poteau du hangar sur une litière de paille bien épaisse. Ils aboient fort puis changent en reconnaissant Germaine. Elle avance et appuie son vélo sur le bord du parc et vient caresser les chiens qui maintenant lui font fête. Elle fait le tour du hangar mais toujours pas de cabane. Ne serait-elle pas encore là ou Anthyme est-il en train de venir avec ? Germaine revient vers les chiens et les caressent. Un bruit de sabots dans le chemin qui vient de Varize fait lever les chiens qui d'un seul coup gémissent et agitent leurs queues : ils ont senti l'arrivée de leur maître, la cabane est tirée par un cheval. C'est Anthyme qui mène le cheval de son oncle tranquillement au pas. Germaine s'avance mais laisse faire la manœuvre. Anthyme conduit sa maison le long du hangar et après un demi-tour et une marche arrière, il considère que c'est le bon endroit. Il cale les roues, vient embrasser sur la joue Germaine puis détèle le cheval et le conduit à son écurie. Germaine entrouvre la porte pour voir l'intérieur de la cabane. Une paillasse, un petit meuble bas et des clous où sont accrochés des vêtements. C'est plein de poussières. Anthyme qui arrive derrière elle lui pose la main sur l'épaule et de l'autre referme la porte.

– Ce n'est pas propre, il faut que je nettoie. Je vais tout vider

– Pourquoi tu ne veux pas me laisser voir plus

– C'est mon chez moi. Je te ferai visiter quand tu

reviendras, ce sera beau.
— Bon. Comme tu veux.

Les deux jeunes se tenant par la main vont s'asseoir sur un ballot de paille entre les chiens et le parc. Ils se regardent dans les yeux, se serrent les doigts. Au bout de quelques instant Anthyme sent que Germaine doit lui dire ou lui demander quelque chose mais qu'elle se bloque. Il lui serre les mains plus fort et un peu inquiet demande

— Qu'est ce qui ne va pas ? Tu as l'air toute drôle
— Si on veut. Tu sais qu'on est bien quand on se voit.
— Oui, viens contre moi
— Non attends, mon père m'a dit
— Ton père ?
— Oui. Il veut que l'an prochain ton troupeau passe une partie de l'été à la Feularde
— C'est possible
— Oui je me doute, mais aussi il veut qu'il passe l'hiver là-bas au lieu d'ici.
— Oh.... il a des idées derrière la tête ?
— Je ne sais pas. Il sait qu'on se voit
— Et ton frère Raymond ?
— Je le vois de moins en moins. Il est souvent avec sa fiancée. Il ne travaille plus à la ferme.
— Ce n'est pas bien.

— Alors, est-ce que je donne une réponse à mon père ?
— Viens dans mes bras, c'est ma réponse.

En pleurant Germaine se blottit dans les bras de son berger, frotte ses cheveux sur sa joue. Elle retire son manteau et embrasse sur les lèvres Anthyme. Il lui prend le visage gentiment entre ses mains caleuses et lui rend le baiser. Les amoureux restent assis sur le ballot de paille à se rendre les baisers et se caresser le haut du corps pendant un long moment. Un aboiement les fait sursauter. Puis ce sont tous les chiens qui aboient ensemble et tirant leur chaîne dans la même direction. C'est l'oncle d'Anthyme qui vient voir l'installation de son neveu et qui fait un pas en arrière en découvrant la présence de Germaine. Il fait ensuite un pas vers les jeunes qui se lèvent. Anthyme prend la parole le premier

— Mon oncle je te présente Germaine
— Qui c'est cette Germaine
— Nous étions à l'école ensemble, pas dans la même classe.
— D'où elle sort ?
— De chez elle
— Tu sais que je suis ton tuteur et tu ne peux pas faire n'importe quoi
— Oui. Mais là ce n'est pas pareil. Et je suis presque majeur

— Quoi, pas pareil ?
— Elle est venue me faire une commission de la part de son père
— Et quoi ?
— Que mon troupeau paisse chez eux l'an prochain.
— Et c'est où ?
— À la Feularde
— Et elle vient de là-bas pour ça !
— Euh... oui
— Et pour toi je suppose d'après ce que j'ai aperçu
— Bah...Euh... oui
— Mademoiselle, il va falloir prendre le chemin du retour, la nuit arrive tôt maintenant.
— J'allais partir, monsieur
— Monsieur Roger
— Au revoir monsieur Roger.
— Et tu ne fais pas la bise à Anthyme ?
— Pas devant vous !

Les deux amoureux n'attendent pas le départ de l'oncle et s'embrassent serrés dans les bras de l'autre. Germaine remet son manteau et grimpe sur son vélo. Elle part par Varize pour rejoindre la Feularde par Lindron et Puerthe. Elle arrivera juste à l'heure pour se changer et commencer la traite de ses vaches.

Blanche l'a observée et lui demande quand elle entre pour dîner

– Alors ton vélo a bien roulé ?
– Oui mais j'ai eu des côtes à monter, je n'ai pas l'habitude.
– Tu verras que rien n'est facile. Au fait tu l'as vu ?
– Oui. Il a même maintenant sa cabane là-bas.
– Tu es entrée dedans ?
– Non. J'ai juste ouvert la porte pour voir
– Et ?
– C'est moche
– Ce n'est pas un endroit pour toi. Lui as-tu parlé de ce que ton père a dit ?
– Oui. Il verra.
– Chutt, ton père arrive.
– Bonsoir, papa.
– Oui, j'attends un peu que les gars soient là.

Blanche pose la soupière fumante sur le milieu de la table. Elle pose la miche de pain devant son époux et se rassoit. Albert et Louis s'installent sans un mot et attendent d'être servis. Blanche leur sert deux louches de soupe après avoir servi Alphonse. Elle termine par Germaine et elle-même. Pas un mot, tout le monde a le nez dans son assiette. Il y a une drôle d'ambiance et c'est Alphonse qui la rompt. Il les regarde tous puis annonce

– J'ai une drôle de nouvelle à vous dire.

Blanche et Germaine pensent à l'escapade à la

Chenardière, Louis et Albert fixent leur patron en restant la bouche entrouverte et la cuillère pleine au dessus de leur assiette.

— Oui. Et ça nous concerne tous. Je suis allé à Patay cet après-midi et j'ai vu Raymond.
— Bah, tu y vas souvent là-bas
— Oui, mais aujourd'hui c'est différent. On a parlé des années à venir.
— Ah bon !
— Bon, donc, il va se marier dans trois mois et il a trouvé un travail là-bas. Il ne reviendra pas ici.
— Je m'en doutais » fait remarquer Louis
— Moi aussi » prolonge Albert

Blanche se met à pleurer et Germaine vient la réconforter. Germaine était déjà dans la confidence.

— Nous devrons faire face pour le travail surtout avec les champs que je viens d'acheter.
— Ça ira patron. Mais au fait il va faire quoi comme travail Raymond ?
— C'est ma désolation : il va vendre des tracteurs
— Oh !
— Et en plus il m'a dit qu'il viendrait ici pour une démonstration pour nous et les autres cultivateurs aux alentours. Moi qui n'en veut pas !
— Ce sera à voir.
— Mais il n'y a personne pour mener un engin

comme ça chez nous !
– Ne t'énerves pas » reprend Blanche
– Non, je suis abattu. Bon on verra demain matin.

Alphonse reprend une cuillerée de soupe et ne parles plus jusqu'à la fin du repas. Louis et Albert se regardent mais n'osent parler. Après la soupe, un morceau de fromage et tout le monde se lève et part se coucher. Louis et Albert restent devant l'écurie assis sur le bord de l'abreuvoir. Albert explique à Louis qu'il a trouvé une femme au village et qu'ils vont se marier. Mais sans savoir quand.

– J'attends le nouvel an pour l'annoncer à Alphonse et à Blanche.
– Et tu feras quoi ?
– Pas de changement, je ne sais pas si j'aurais un travail ailleurs et on est bien ici
– Ça c'est vrai. Et ta future ?
– Elle fait des ménages en particulier au château de l'abbaye.
– Vous allez loger où ?
– On a vu une petite maison au fond de la ruelle de la Conie. Deux pièces et un bâtiment pour y mettre des lapins.
– Je vois laquelle c'est pas grand.
– Il n'y a pas de voisins
– Ça c'est bien pour le calme

– Et en bas tu pourras braconner du poisson dans la Conie
– On n'aime pas le poisson !
– Bah pour moi, je reste ici. Tant que je pourrais, je mènerais les attelages.
– A nous deux ça devrait le faire.
– Au fait, je peux savoir qui c'est cette belle ?
– Oui. Elle s'appelle Gisèle. Son père est charretier à Roncevaux. Elle a six frères et sœurs. Bon à demain, bonne nuit.
– A demain.

C'est un réveil difficile à la Feularde ce matin. Chacun a dans la tête le repas d'hier soir avec l'annonce de la décision de Raymond. Pas un mot pour y faire allusion au petit déjeuner. Germaine a un air soucieux. Louis et Albert se lèvent rapidement et vont préparer leurs attelages pour la journée. C'est la fin des semis et le travail va prendre son rythme d'hiver. Il y aura cinq ou six cordes de bois à abattre et faire une clôture sur le champ de luzerne avant la passage à niveau. Ce sera la pâture pour les deux ou trois années à venir pour les vaches. Louis et Albert s'en occuperont en commençant par démonter les barbelés et les piquets de celle qui est sur le chemin de Puerthe. Blanche vérifie les bocaux de conserves de légumes rangés sur les étagères de la laiterie. Germaine s'occupe de l'entretien de son étable et de la basse cour. Pour la première fois, demain matin, elle ira avec Louis pour mener une vache au taureau. Son père les accompagnera. Ce n'est pas loin, à moins de deux kilomètres : c'est à Lislebout.

Le lendemain, à neuf heures Louis attelle Pierrot, le hongre, sur le tombereau et attend entre le portail et le tas de fumier. Il accroche une botte de foin coincée dans un filet au fond du tombereau pour inciter la vache à suivre, un peu comme la carotte de l'âne. Alphonse aide Germaine à brêler la vache autour des cornes et du cou. Elle suit sans difficultés et Alphonse accroche la corde au cul du tombereau. C'est parti pour un bon quart d'heure de marche. À l'entrée de sa ferme, Paul attend l'attelage. Il indique à Louis l'angle du hangar au fond de la cour en lui demandant de faire demi-tour pour que la vache soit tournée le cul de l'autre côté. Paul regarde la manœuvre et, passant à côté, va chercher son taureau. Il arrive aussitôt menant Nestor par les mouchettes. Il lui présente le postérieur de la vache. Après l'avoir léché, Nestor se met rapidement en action. Cinq minutes plus tard Nestor regagne son étable. Germaine est impressionnée de la puissance de Nestor et de la passivité de sa vache. Paul les invite tous à boire un verre de cidre avant le retour à la Feularde.

Le mois de mars arrive avec les premiers beaux jours. Alphonse a préparé le cabriolet avec son vieux Vaillant pour aller au cimetière pour se recueillir sur les tombes des parents à la sortie de la messe des Rameaux. Cette messe voit presque tout le village à l'église pour le plus grand bonheur du père Rousseau. Blanche et Germaine ont coupé le matin même des branches de buis qu'elles tiennent à la main pendant la bénédiction. Chacun a ses brins de branches aux petites feuilles vertes. Beaucoup de fidèles, dès la sortie de l'église, vont directement au cimetière qui est contigu. C'est le silence entre les rangées de tombes puis ce sont les conversations dès qu'un pied est posé en dehors. Les femmes sont entre elles et les hommes font un détour par le bistrot. Blanche et Germaine sont au centre d'un cercle d'une dizaine de femmes. Les questions sont nombreuses sur le futur mariage de Raymond. La plupart des mères ne comprennent pas qu'il abandonne la ferme familiale pour une fille qui vend des vêtements et des dessous féminins. Blanche explique qu'il reste dans le monde de la terre en vendant du matériel et des tracteurs. Germaine est questionnée sur ce qu'elle compte faire plus tard. Un peu énervée par toutes ces questions elle répond sèchement qu'elle est fermière et le restera. Elle fait aussitôt demi-tour laissant sa mère face à ces inquisitrices. Elle rejoint le cabriolet et s'installe en attendant sa mère et le retour de son père.

À leur arrivée à la Feularde, Louis et Albert sont assis sur le banc à côté de la porte, il est bientôt treize heures. Sans doute une des rares fois où le repas de midi sera pris en retard sur les habitudes.

Alphonse plie son couteau mais ne se lève pas. Il demande à Blanche de rester assise et de l'écouter.

– Blanche, Raymond nous a dit qu'il allait se marier et qu'il prévoyait de le faire le samedi vingt avril.

– Oui c'est ce qu'il a dit la semaine dernière quand il est venu avec sa Paulette. Et ça se pavane tous les deux dans une voiture pour venir ici !

– Ce n'est pas de la voiture que je voulais te parler

– Ah...Oui, plutôt de la suite à la ferme. Il faut qu'on voit le notaire.

– Pourquoi ?

– Germaine n'est pas majeure. Elle veut rester ici à travailler. Germaine c'est ce que tu veux je crois ?

– Oui papa. Je suis bien ici et pourquoi pas continuer après vous. Tu travailles encore bien et maman s'occupe bien de la maison

– Je travaille beaucoup moins vite et dans dix ans serons nous encore là ?

– Mais si !

– Germaine ne rêve pas, faire la cuisine ça ira, mais la lessive, le pain, le fromage ça use. Tu prendras la suite de bien des choses mais tu ne pourras pas tout faire.

– Je ne serais sans doute plus toute seule dans quelques années…

– Et avec qui ?

– Papa, sans doute…
– Tu ne nous dis pas son nom !
– Je n'ose pas
– Tu es jeune, tu as le temps.
– Blanche je prendrai un rendez-vous pour le plus tôt possible? Il faut qu'on protège Germaine.
– Oui Alphonse.

Alphonse se lève et va faire un tour dans la cour pendant que Blanche et Germaine engagent la conversation sur ce rendez-vous au notaire, une personne que Germaine ne connaît pas.

Mardi quinze avril, le train de quatorze heures siffle au passage à niveau Germaine est avec sa mère dans la basse cour pour attraper cinq ou six canards et deux oies. À partir de demain la famille arrive pour le mariage. Les cousins et l'oncle Georges viennent depuis Le Mans et doivent arriver à la gare à onze heures demain. Vendredi ce sont les autres cousins qui sont entre Chartres et Dreux, dans la plaine de Chateauneuf qui débarqueront. Au total il y aura au moins trente personnes à nourrir et coucher. Louis et Albert ont aménagé une partie de la grange avec de la paille et des couvertures pour les plus jeunes, les parents profiteront des deux chambres des garçons que Blanche a astiquées avec Germaine. Alphonse a trouvé la semaine dernière le moyen de transport pour se rendre à la cérémonie à

Patay, les parents de Paulette n'ayant jamais voulu que ça se passe à Péronville, pas assez chic pour la famille et les voisins commerçants...donc les cousins auront droit à un char à banc avec départ de la Feularde à huit heures pour dix à la mairie puis à onze à l'église. Au cours du mois dernier, les familles se sont rencontrées plusieurs fois pour se mettre d'accord pour le déroulement de la journée. Alphonse se sent obligé de faire quelque chose mais il n'était pas loin de totalement renier son fils. Il n'a pas apprécié son abandon de la terre familiale, mais la visite chez le notaire l'a rassuré sur certaines choses en particulier la pérennité de la Feularde au sein de la famille. Il a discuté fort avec les parents de Paulette pour le repas, il ne voulait pas débourser trop d'argent. Avec le restaurant, il s'est mis d'accord de lui donner un veau de lait bien dodu et deux jambons pour le plat. Il a apporté lundi trois terrines de pâté de lapin et deux de sanglier. Il arrivera aussi avec cinq ou six bouteilles de goutte maison. Il a aussi accepté, en accord avec Blanche, de payer le curé, tout le reste étant pour la famille de la mariée.

    Raymond est venu le lendemain de Pâques chercher sa mère pour son costume de marié. Il est venu avec une voiture Renault qui date de la guerre. Elle geint de partout. Blanche n'était pas rassurée de monter dans un tel engin ! Pendant le voyage jusqu'à Châteaudun, elle n'a pas arrêté de prier espérant que la voiture reste sur ses roues ! Raymond a eu du mal à trouver le costume sombre qui lui plaisait et après il y a eu l'essayage avec le marquage des ourlets pour les reprises. Blanche ronchonnait en descendant, pas pour la trouille de se déplacer en voiture mais pour le temps perdu alors que son gars ne reviendra pas à la ferme.

La famille arrive par le train. Selon le jour, Louis ou Albert vont les chercher avec le cabriolet. Les cousins se retrouvent et les plus jeunes ne tardent pas pour jouer ensemble. Les parents viennent à la maison et propose à Blanche de l'aider, ce qu'elle ne refuse pas : passer de cinq bouches à une vingtaine représente beaucoup de travail. Les deux jours avant la cérémonie se passent dans la joie et sans incidents. Deux cousins d'une quinzaine d'années ont suivi Germaine dans son travail mais n'ont pas osé traire une vache ou l'aider à sortir la litière sale sur le tas de fumier. Elle a vu la différence entre ceux qui vivent en ville et ceux de la campagne.

Samedi matin tout le monde est prêt pour le départ. Louis s'occupe du char à banc, Albert prend les rênes du cabriolet. Tout le monde attend dans le chemin devant la ferme. Alphonse arrive le dernier avec le panier et les bouteilles de goutte, le donne à Blanche qui le pose derrière elle. Le portail grince quand Alphonse le ferme. Il n'y aura personne jusqu'à six heures ce soir.

Dix heures sonnent au clocher et les deux familles sont sur le parvis de la mairie. Ils sont environ une cinquantaine. Paulette est entrée la première avec ses parents, Alphonse, Blanche et Raymond entrent les derniers. C'est le patron de Raymond et un de ses commis qui sont ses témoins. Alphonse n'a pas voulu quelqu'un de la famille, son gars est presque un paria pour lui. Le maire lit l'acte de mariage et demande les consentements. Les deux oui sont francs. Tout le monde attend la fin des formalités pour voir les mariés sortir. Des applaudissements les attendent. Il reste un bon quart d'heure pour rejoindre l'église. Le cortège se forme derrière le marié conduit par Blanche qui se retient de pleurer. Deux par deux, par famille, les parents et cousins suivent. Paulette dans une longue robe blanche est tout sourire au bras de son père et ferme le cortège. L'église est presque pleine. Les mariés sont côte à côte au milieu du chœur et n'osent pas se regarder. Trois enfants de chœur officient avec le curé. C'est une messe chantée et accompagnée aux orgues de l'église. La cérémonie se termine après l'échange des alliances et les signatures sur le livre de l'église. Pendant ce temps tout le monde est sorti et forme un cercle devant le porche et le caquetoire. Les mariés sont applaudis dès qu'ils apparaissent et à la demande générale s'embrassent tendrement. Sur le côté des bancs sont alignés et dressés sur trois hauteurs. Le photographe a installé son appareil et patiente. Après les effusions avec les voisins et amis, les mariés viennent prendre place pour le cliché souvenir. Le placement de tous prend une dizaine de minutes pour deux seulement de pose sans bouger. Le mariage a trois cents mètres à parcourir pour rejoindre le restaurant où se déroulera le repas et la fête. Les familles ne sont pas mélangées et l'ambiance est différente d'un côté de la salle à l'autre. Alphonse a son air des mauvais jours, c'est une corvée pour lui. Blanche reste silencieuse et mange avec parcimonie, elle a été surprise de voir le nombre de plats sur le menu et voudrait bien goûter à tout. Germaine est avec ses cousins et cousines. Ils l'interrogent une fois de plus sur sa vie à la ferme, pourquoi elle aime les vaches et les lapins, comment elle fait le pain qu'ils ont trouvé bon. Elle répond de son mieux mais refuse de parler si elle a un petit copain. Le gâteau, une pièce montée avec une figurine des mariés au sommet, arrive à dix-sept heures. Germaine mange sa part et va voir son père :

— Papa, ça va être l'heure pour les vaches. On ne peut pas les laisser sans traite.
— Oui Germaine, c'est prévu, tu vas y aller avec Albert. Il t'attendra pour que tu reviennes faire la fête.
— Non je reste là-bas, même seule. Je n'aime pas ici comment ça se passe. Je ne m'y sens pas bien.
— C'est sûr que tu n'auras pas peur ? tu seras seule jusque tard dans la nuit
— Oui, fais moi confiance.Bien sûr. Allez vas-y
— Je fais une bise à maman et je t'envoie Albert dès mon arrivée à la Feularde.

Albert a vu Germaine se lever et sort pour approcher le cabriolet. Germaine arrive et grimpe à côté de lui. Albert lui laisse les rênes pendant une partie du chemin. Ils parlent de choses et d'autres puis Germaine demande à Albert si c'est lui le prochain marié

– Qu'est-ce que tu dis ?
– Je vois clair. Je vois bien que tu n'es pas souvent là le soir et je t'ai surpris à en parler avec Louis, la petite maison de la ruelle de la Conie…
– Oh ! petite curieuse
– Non, Albert c'est normal que ça t'arrive aussi
– Oui, mais dis-donc toi, tu aimes bien ceux ou plutôt celui qui s'occupe de son troupeau de moutons.
– C'est pas pareil, nous étions à l'école ensemble
– C'est ce qu'on dit et plus tard on est main dans la main… ou dans les bras l'un de l'autre
– Oui c'est vrai mais n'en parle pas
– Je n'ai pas besoin, tout le monde le sait à la Feularde, même ton père.
– Oh !!!
– Il t'a même demandé de le faire venir le mois prochain
– C'est vrai, mais il a peur !
– Ton père grogne tout le temps, mais toi tu as la chance d'avoir décidé de rester à la Feularde

contrairement à ton frère. Et je te dis que Louis et moi on reste à travailler ici même avec toi comme patronne. Avec ton berger aussi.

— Dis donc, qui te dit qu'on sera à la Feularde ensemble ?

— Je ne suis pas aveugle et ça se voit dans tes yeux !

Germaine en a les larmes aux yeux et, en redonnant les rênes à Albert, lui fait une bise. Le soleil est presque à l'horizon quand Germaine commence sa traite. Albert repart à la noce. Elle termine son travail et entre à la maison se faire à manger. La lampe à pétrole éclaire la cuisine de sa lueur blafarde. Elle range son assiette et la lave. Elle range tout. Elle allume une bougie, éteint la lampe et va dans sa chambre. Elle attendra l'arrivée de ses parents.

Ce matin, Albert est dans la nouvelle pâture avec la javeleuse pour faire la première coupe afin que les vaches n'aient pas trop de tendresse à brouter avec les risques de gros ventre ou de diarrhée. Louis de son côté termine de biner les betteraves dans le champ entre la Feularde et Lislebout. Il observe les pommes de terres qui sont bien visibles. Un rang de haricots montre ses feuilles et quelques fleurs. Il annoncera à Alphonse qu'il faut revenir pour buter les pommes de terre et dépresser les carottes qui sont levées bien serrées.

En cette avant-dernière semaine de mai, Alphonse a fait le tour des champs pour voir comment ça allait. Il revient à la Feularde avec un air satisfait. Les orges et l'avoine sont bien avancées et il a vu quelques épis de blé montrer la pointe de leur nez, il sera aussi à l'heure. Il fait un détour par la grange et le hangar pour voir ce qu'il reste de paille et de foin. Il y en a encore beaucoup et le printemps humide a déjà donné une première belle coupe dans les foins et les luzernes, la seconde pousse et sera bonne bien avant la moisson. Il verrait bien le parc à moutons pas loin pour faire un bon usage de ces réserves. Il est toujours hésitant à faire venir Anthyme, d'un côté c'est bon pour la ferme, de l'autre, il espère qu'il n'y aura pas de bêtises entre lui et Germaine. Il ira le voir demain.

Sous le soleil, Alphonse part avec le cabriolet vers le village. Il traverse la ligne de chemin de fer puis quelques hectomètres plus loin il prend le chemin à gauche qui permet de rejoindre la Frileuse. Les trous et les bosses le charrient sur son siège et il maintient Vaillant au plus lent de son pas. Il rejoint ainsi la route de Bazoches. Il a aperçu les moutons dans le pré qui va jusqu'aux bois en bordure de la Conie. Il trouve le petit chemin qui mène à la rivière, y avance sur une vingtaine de mètres et arrête son cheval. Il l'attache aux branches d'un noisetier et part appuyé sur sa canne vers le troupeau. Il voit bien les chiens au travail pour maintenir les moutons mais ne voit pas le berger. Il s'arrête puis repart sur le chemin vers la Conie. Entre deux arbres, il voit un vélo qu'il connaît bien : celui de Germaine. C'est vrai qu'il ne l'avait pas vu dans la cour en partant. Il tend l'oreille mais c'est le calme. Il devine l'eau à travers les saules puis aperçoit deux silhouettes assises très proches l'une de l'autre. Elles sont tournées vers l'eau. Alphonse s'arrête un instant, regarde : le bras du berger est sagement posé sur l'épaule de Germaine. Ils sont calmes et discutent ensemble sans se douter qu'on les observe. Anthyme tient dans son autre main une branche à laquelle pend une ficelle : il essaye de pêcher. Alphonse fait deux pas vers eux et marche sur une branche morte. Les deux jeunes font un bond et se retournent.

— Papa, que fais-tu là ?
— Je vois que vous n'êtes pas à surveiller les moutons
— Monsieur Alphonse, mes chiens savent bien le faire
— Et ça mord les poissons
— Bah... Euh... rien depuis une heure.
— Germaine, j'espère que tu es sérieuse
— De quoi veux-tu parler papa ?
— Les garçons et les filles des fois font des bêtises
— Je sais, maman m'en a parlé. Avec Anthyme pas de problèmes
— Et toi jeune homme ça va ?

– Oui » répond Anthyme un peu tremblant.
– Bon je ne suis pas venu pour vous gronder mais pour te demander si tu peux venir à la Feularde avec ton troupeau mettre ton parc, j'ai de la paille qui reste et il faudra du fumier à l'automne.
– Dans une dizaine de jours je pourrais y aller quand le coin ici sera tondu
– D'accord comme ça.
– Germaine je te ramène, j'ai Vaillant
– Euh.... non... mais je serai à l'heure pour mes vaches.

Octobre est terminé après une nouvelle moisson et le passage de la batteuse. Alphonse avait engagé les deux solognots des années précédentes. Ils étaient venus cette fois-ci avec un troisième larron qui a été aussi sérieux qu'eux.

Germaine est devenue experte pour tasser les gerbières et n'a pas rechigné au travail. Les repas du soir ont été animés par les solognots qui n'ont pas eu leur langue dans leur poche pour mettre en boite les jeunes amoureux. Depuis que la moisson est terminée, le troupeau reste dans les champs à nettoyer les chaumes et passe la nuit au parc. Anthyme a gardé son habitude du petit déjeuner au lever du jour et visite du parc pour voir si un de ses moutons a un problème. Il fait ce contrôle en plus du coup d'œil lors de leur retour. Souvent il en attrape un avec sa grande canne pour nettoyer une patte qui fait boiter, un caillou coincé, une ronce restée accrochée qui peut faire une blessure profonde... Sa grande désolation est de perdre une bête d'accident ou de maladie. Il a toujours du matériel dans sa cabane surtout pour le printemps avec l'herbe fraîche et les gros ventres.

Germaine termine sa traite du soir et emporte les quatre bidons à la laiterie. Il est presque huit heures quand elle arrive à table pour manger. Blanche lui fait remarquer son retard, la réponse de Germaine est évasive. Alphonse sourit à son bout de table. Louis et Albert terminent leur soupe sans mot dire en baissant la tête.

Germaine et Anthyme se retrouvent au bord de la Conie

Un grand chambardement

L'an passé, la Feularde a été en fête. Au mois de mars, Alphonse a voulu que le repas de noces de son second charretier, Albert, se fasse à la ferme. Il lui a expliqué que c'était son cadeau pour son mariage avec Gisèle pour le remercier de rester à la ferme. C'est vrai que Louis est plutôt devenu le second d'Albert à cause de ses douleurs.

Raymond était même venu avec Paulette et leur aîné, un garçon qu'ils avaient appelé Louis. Cette naissance avait un peu resserré les liens entre Alphonse et son fils, un peu le paria de la terre.

Depuis il revenait manger un dimanche par mois avec toute sa petite famille. Son arrivée était remarquée surtout dans la traversée du village : il venait maintenant au volant de sa nouvelle voiture, une 5 CV Citroën noire avec son toit en toile. Personne dans le pays n'en avait ! A chaque fois, il devait promener tout le monde autour de la ferme. Un dimanche de mai, lors de sa visite, au moment du café, il a expliqué à Alphonse

– Un parcours d'une heure avec ton cheval et ton cabriolet, moi je le fais en dix minutes. Il suffit d'y mettre de l'essence
– Moi je ne saurais jamais conduire
– Moi j'essayerais ! rétorque Germaine
- Et toi Anthyme ?
– Ce n'est pas possible de conduire des moutons avec une voiture, je n'en vois pas l'utilité.
– Au fait ta voiture c'est pour te promener le dimanche ?
– Non, c'est pour le travail. Quand tu veux vendre un tracteur, c'est un engin à moteur, il ne faut pas arriver chez l'acheteur éventuel en vélo !
– Et tu en as vendu ?
– Trois depuis le début de l'année
– Oh... et c'est chez qui ? » Demande curieux Alphonse
– Sur Sougy et Rozières.
– Ils ont des grandes fermes ?
– Non et oui, la plus grande fait cinquante cinq hectares et il a deux de ses charretiers qui ont bientôt soixante dix ans. Il va garder un seul attelage. Le plus gros sera fait avec le tracteur, il est en train d'acheter le matériel
– Il va se ruiner !
– Non. J'ai tout étudié et au contraire il va moins dépenser. Il faudra que je vienne un jour vous expliquer tout ça.

— Ce n'est pas la peine, il n'y en aura pas ici » réplique sèchement Alphonse

Raymond a compris qu'il était en terre hostile et que son père n'avait toujours pas pardonné son abandon de la terre familiale. Il détourne l'attention en invitant Paulette à parler un peu de mode avec Germaine et Blanche.

A la saint Jean, Alphonse a emmené Germaine avec lui à Patay pour la louée. Elle a fait sa traite avec une heure d'avance pour ne pas retarder le départ matinal. Elle a été surprise de voir tant de monde dans tous les coins de rues et surtout dans les bistrots. Certains avaient des loques comme vêtements et d'autres un costume défraîchi mais propre. On ne sait pas si c'est un chapeau, un béret ou une casquette qui fait le bon ouvrier mais tous ont un couvre-chef. Alphonse a laissé comme d'habitude son cheval devant le café de la gare. Il a demandé un repas pour eux deux à midi. Germaine le suit un moment sans rien dire puis le tire pas la manche et faisant un signe de tête :

— Ce ne sont pas nos solognots qui sont en pleine discussion là-bas ?
— Je crois bien. On va les voir. Mais sans arriver trop vite.
— Pourquoi ?
— Il faut leur faire croire qu'on ne les a pas vus.

– Et pourquoi ?
– Il ne faut pas leur dire qu'on a besoin d'eux tout de suite, sinon ils demandent beaucoup d'argent. Ils sont capables de demander plus que l'an passé. Il ne faut pas.
– J'ai compris, c'est comme quand on vend une poule : le plus d'argent possible pour nous
--Oui ! Germaine tu comprends la vie !

Le père et la fille continuent la promenade entre les chemineaux et autres va-nu-pieds qui cherchent plus ou moins de l'embauche. Alphonse s'arrête deux fois et discute avec des gars assez propres sur eux puis continue son chemin sans donner de réponse. C'est ainsi qu'il arrive devant les deux solognots qui connaissent déjà la Feularde. C'est une grande poignée de main avec Alphonse, ils semblent heureux de le voir. Ils font un écart pour saluer avec respect Germaine. Il est vrai qu'une femme au milieu des hommes ça se remarque mais pour eux ils savent que c'est, du haut de son mètre soixante-cinq, une vraie patronne. La discussion sur l'embauche commence entre les hommes. Au bout de cinq minutes, Germaine s'approche, tend l'oreille et parle tout bas à Alphonse. Il opine de la tête, se tourne vers elle et revient vers les solognots. Tout bas, il leur dit ce que Germaine lui a glissé. La tête des solognots pivote d'un seul mouvement, ils fixent Germaine et le plus vieux lui assène un oui franc. Alphonse est surpris de cette réaction surtout que les deux tendent la main à Germaine comme pour sceller leur accord. Ils seront à la Feularde la semaine prochaine. La louée est aussi une fête dans toute la ville avec des camelots et quelques manèges pour enfants. Les yeux de Germaine regardent ces plaisirs qu'elle n'a jamais faits. Elle n'avait jamais vu cela, étant restée à la ferme tout le temps, les seules fêtes c'était le quatorze juillet et la cérémonie, triste, du onze novembre. Elle passe devant tous ces étals ou tentes où crient les bateleurs en tout genre. Ils continuent et se retrouvent devant la boutique de Paulette. Ils s'arrêtent et Germaine regarde ce qui est exposé en vitrine : des robes légères avec des motifs à fleurs, des fichus, trois chapeaux, quatre ou cinq chemisiers... Elle observe quelques instants puis se tourne vers son père

– Papa, tu me vois avec ça pour la moisson ?
– Tu me fais rire, ça ferait plutôt un épouvantail pour le cerisier !
– Non papa tu exagères, c'est bien pour les dames des villes, pas pour moi, c'est tout. Ça n'est pas assez solide. Et une trace de vache là-dessus ça doit rester marqué.
– Tu as sans doute raison, mais il va falloir certainement que tu y viennes pour l'an prochain
– L'an prochain ?
– Tu ne crois pas qu'avec Anthyme, il n'y aura pas quelque chose à faire ?

- Euh..... je ne sais pas de quoi tu parles
- On verra bien à la maison avec ta mère.

Alphonse prend sans rien dire le chemin de la gare, la demie de onze heures a sonné au clocher et il ne veut pas arriver avec la foule pour manger, même si une table les attend. Effectivement, malgré leur arrivée en avance la moitié des tables est déjà occupée. Germaine est inquiète de voir tant de monde et se demande comment on va manger, elle n'est jamais sortie de la Feularde ou du village. Une serveuse vient les voir et explique le menu du jour : pâté et sauté de mouton puis un fromage mou. Alphonse commande pour eux deux. Avant treize heures ils ont fini et Alphonse boit un café avec une rincette de calvados. En sortant, il propose à Germaine d'aller voir son frère avant de rentrer. Il y a trois cents mètres à parcourir au milieu des étals qui n'ont plus personne à cette heure là.

Ils arrivent devant le garage du père Pousset qui vient depuis longtemps à la Feularde pour le matériel. C'est lui qui a embauché Raymond. Il y a deux tracteurs et beaucoup de machines sur le trottoir et même jusqu'au milieu de la rue. Une dizaine d'hommes en chapeau regardent, s'approchent, reculent devant les engins. Raymond sort de l'atelier et voit son père et sa sœur. Il se dirige aussitôt vers eux et les embrasse.

– Papa, tu viens voir les tracteurs ? Interpelle Raymond

– Oui et non. Tu sais bien que dans quelques années Louis et moi on ne pourra plus travailler comme les années passées. Tu sais qui va reprendre la Feularde, je suppose ?

– Oui je pense savoir. C'est quelqu'un qui est à côté de toi.

– Peut-être. Nous avons fait la louée. Nous avons repris une fois de plus les solognots qui sont de bons travailleurs.

– Donc tu veux en savoir un petit peu sur les tracteurs. Attendez trois minutes, j'en mets un en route, surtout que celui avec sa veste à rayures et sa canne, là devant, est pratiquement décidé à acheter ce modèle.

– Pourquoi ce modèle ?

– Il y en a plusieurs, plus ou moins gros. J'y vais et je reviens.

Germaine écarquille les yeux : son frère monte sur l'engin, manipule différentes manettes, descend, prend la manivelle en main et d'un seul coup lance le moteur qui pétarade et fume. Ceux qui étaient bientôt le nez dessus font un bond en arrière, rattrapent leur chapeau et, figés, regardent. Dans la rue une dizaine de personnes en famille avec des enfants s'arrêtent aussi. Raymond monte sur le tracteur, le fait avancer et reculer, descend, donne des explications puis se rapproche de son futur acheteur et l'invite à s'installer sur le siège. Il hésite puis y va. Autour c'est un cercle de curieux qui est comme au spectacle. Raymond est grimpé à côté du fermier et lui montre les commandes. On le voit acquiescer d'un mouvement de la tête puis redescend. Raymond regarde vers son père et fait un petit geste du pouce qui semble dire que la vente est faite. Alphonse fait deux pas et lui glisse deux mots à l'oreille puis revient vers Germaine et ils repartent vers le centre ville. Ils font à nouveau un tour rapide des étals puis rejoignent le café de la gare et le cabriolet. Il est quinze heures quand Germaine, les rênes en main, donne l'ordre du départ. Peu de paroles sur le chemin cahotant du retour sauf pour commenter l'avancement des grains de chaque côté des chemins.

Au premier jour de la moisson, c'est Albert qui mène la faucheuse-lieuse après avoir dérayer à la faux les angles et la largeur des chevaux sur le tour du champ d'orge. Louis est venu en même temps avec Germaine pour lier les gerbes à la ficelle, chacun ayant une poignée des ficelles récupérées à l'engraînage à la batteuse. Il a fallu une journée entière pour ce premier champ. Sans attendre la suite, Louis était parti sur les autres champs avec la faux pour faire un peu d'avance. L'équipe de solognots est arrivée le lundi suivant. Ils ont commencé leur travail par dresser les diziaux derrière la lieuse. Cette année le repas de passée d'août a eu lieu avec deux semaines de retard : les trois nouveaux champs ont été récolté avec une bonne moisson et ont généré deux meules de plus qu'il y a cinq ans.

Les moutons d'Anthyme sont arrivés rapidement dans les chaumes dès la récolte enlevée et Germaine ne traînait pas dans son travail à la ferme. Dès la fin de la traite matinale, elle se dépêchait de nourrir les lapins, récolter les œufs, donner du grain à la volaille. Elle essayait d'avoir tout fini, même le casse-croûte, avant neuf heures pour ouvrir les claies du parc à mouton de son Anthyme. Les deux commençaient toujours leur journée de la même façon avec ce départ des moutons et une étreinte rapide.

Blanche et Alphonse avaient toujours un œil sur Germaine. Ils savaient bien que les deux jeunes se retrouvaient à l'écart de tous et ils craignaient un jour l'annonce d'un petit fils ou une petite fille avant de faire les noces. Ils avaient vu Roger, l'oncle d'Anthyme, à la Chernardière, pour organiser ce grand jour soit en février soit en avril pour éviter de le faire pendant le carême.

À mi-octobre Alphonse a dû faire venir le vétérinaire pour son vieux Vaillant qui après avoir boité bas pendant deux semaines allait de moins en moins bien. Le cob venait de passer ses vingt-trois ans et se retrouvait presque paralysé des pattes arrières. La décision la pire pour Alphonse a été prise dans les larmes, même Blanche n'a pas pu le calmer, pleurant elle aussi. Tout le monde s'est réuni après le départ de la dépouille du cheval à l'équarrissage pour lui faire un hommage : un si brave cheval qui a rendu tant de services pendant près de vingt ans, l'âge de Germaine. Elle a pris son père dans les bras et l'a embrassé. La reprise du travail le lendemain n'a pas effacé la tristesse de la veille.

Alphonse marche désormais toujours avec sa canne et il regarde dans la grange son cabriolet devenu inutile n'ayant plus de cheval à atteler dessus. De plus il ne sait pas s'il pourrait s'y installer seul avec sa jambe qui ne se plie pratiquement plus. Il fait un aller et retour jusqu'à la grange et revient au chaud à la maison. Le ciel du début de ce mois de décembre est couvert et annonce sans doute de la neige pour les prochaines heures. Anthyme a installé ses moutons sous le hangar depuis le vingt novembre et il étale un peu de paille tous les matins. Il a déjà remis les claies deux fois, le tas montant petit à petit. Sa cabane est elle aussi à l'abri. Il l'a nettoyée, un peu forcé par Germaine. Il y couche toujours et Germaine est toujours dans sa chambre... pour la nuit.

Depuis deux jours il neige. Louis et Albert ont balayé pour que les accès aux écuries et à l'étable soient dégagés. Ils aident Germaine pour approcher la paille et le foin pour les vaches. Hier c'est Albert qui a curé le fumier de l'étable : il fume encore sur le tas au milieu de la cour. La cheminée fume, Blanche est toujours à ses fourneaux ou à la laverie pour le linge. Germaine revient du four à pain avec une brioche de son invention. Elle la ramène à la maison et la montre à sa mère

– Maman, c'est Noël la semaine prochaine et je voudrais faire une brioche comme ça pour donner à l'église à l'occasion de la naissance de Jésus.
– Je ne te savais pas si pieuse
– Ce n'est pas ça maman, j'ai déjà vu le curé pour le mariage et c'est un peu pour annoncer cet événement, je ne sais pas comment te l'expliquer
– Je vois ce que tu penses. Tu voudrais que tout le pays soit content dès maintenant.
– C'est moi qui est contente : me marier avec Anthyme, maman ! Il y a peut-être plus de dix ans que je l'ai rêvé et ça va être pour bientôt.

Le vingt-quatre décembre, la neige s'est enfin arrêtée de tomber. La couche dépasse les vingt centimètres. Le travail est arrêté à la ferme. Louis prépare Pierrot le hongre pour l'atteler sur le cabriolet, la famille veut assister à la messe de minuit et à pied dans la neige Alphonse et Blanche ne pourraient y aller. Albert avait déjà fait un essai sans que son patron le voit, essai concluant, Pierrot étant un cheval calme. Louis retourne sous la grange pour fixer deux lampes au cabriolet puis vient rejoindre tout le monde autour de la table. Il est vingt et une heures. Un canard est au menu de cette soirée inhabituelle, Anthyme est assis à côté de Germaine. Il a confié à Blanche qu'il n'avait jamais assisté à la messe de minuit. À vingt trois heures, Alphonse plie son couteau et chacun va se vêtir chaudement. Même avec le cabriolet, il faudra une demi-heure pour arriver au village. De nombreuses familles sont déjà là, parlent un peu et entrent à l'église dont on voit les détails des vitraux illuminés par les nombreuses chandelles qui éclairent la nef. Une crèche est installée dès l'entrée à droite avec le bœuf, l'âne, les moutons, Joseph et Marie. La petite auge est remplie de paille mais vide. Le père Rousseau, entouré de six enfants de chœur, commence l'office de fête. Albert et sa femme Gisèle sont debout au fond face à la crèche, Louis les rejoint. Anthyme est assis à côté d'Alphonse à droite avec les hommes, Germaine est avec sa mère à gauche avec les femmes et les enfants. En entrant, Germaine a déposé son gâteau sur une table à côté de la crèche. Il y a d'autres présents et douceurs. L'office dure presqu'une heure. Le père Rousseau invite trois enfants qui sont en dernière année de catéchisme, deux filles et un garçon, à venir dans le chœur pour prendre Jésus et le déposer dans son berceau de paille. Tout le monde entonne les chants de Noël, « minuit chrétien » et « il est né le divin enfant ».

    Le curé suit les enfants et reste à côté de la crèche pour saluer ses fidèles et les inviter à partager ce qui a été

apporté. Germaine refuse de prendre une part
— J'ai apporté un gâteau pour qu'il soit partagé entre tous, même s'il n'est pas assez grand. Je ne veux pas prendre la part de bonheur d'un autre !
— Merci pour eux. Et que cette année te soit bonne !

Germaine rougit en remerciant le curé et lui rappelant que son bonheur sera au printemps. Tout le monde sort lentement et malgré le froid reste un moment à parler avec son voisin ou quelqu'un de plus loin qu'ils n'ont pas vu depuis plusieurs jours.

Louis détabli Pierrot, le rentre à l'écurie puis revient à la maison. Chacun a ôté son manteau et se réchauffe autour de la cuisinière qui ronfle, Blanche l'ayant rechargée avec un peu de petit bois. Elle avait préparé dans la journée des douceurs sucrées : des beignets et des pets de nonne attendent la famille. On parle de la nuit de Noël puis de la journée qui attend tout le monde, Raymond devant venir pour le repas de midi. Germaine sort quelques minutes, embrasse Anthyme... puis rentre au chaud.

Le lendemain midi malgré la neige Raymond arrive vers treize heures retardé par la neige. Sa voiture a dérapé plusieurs fois en cours de route. Paulette et leur fils sont heureux de ce repas en famille pour lequel ils ont apporté un gâteau. Blanche le met sur la table après le fromage, le découpe et en donne une part à chacun. Germaine se lève à cet instant, quitte la cuisine, va dans sa chambre et revient presque aussitôt avec les mains dans le dos. Elle va lentement vers son neveu et d'un coup lui met devant lui une peluche, un nounours beige avec des yeux rouges et des oreilles rondes. Le petit fait un bond et crie de joie, il saute au cou de Germaine et lui fait une bise. Cette joie est communicative et le repas se termine avec des rires. C'est ce moment que choisit Germaine pour se rapprocher de son berger, Anthyme, et le prenant par le bras le fait lever et elle annonce :

– Je vous demande de bien écouter. Avec Anthyme, vous le savez déjà, nous avons décidé de nous marier avec l'accord de papa et maman. Ce sera pour le dernier samedi du mois d'avril.
– Oh ! Oh ! » Répond Paulette
– Bah oui, on a commencé à préparer » reprend Blanche
– Oui, on a même vu le curé.
– Mais pour la ferme » demande Raymond
– J'ai vu le notaire il y a déjà longtemps » reprend d'un air grognon Alphonse

Cette remarque jette un froid après l'euphorie de l'instant d'avant. Dans la demi-heure suivante Raymond s'en va. Germaine se rapproche de son père pour comprendre ce qu'il a voulu dire par cette visite chez le notaire. Il fait asseoir à côté de lui Anthyme, Blanche et Germaine et explique :

— J'ai fait ça trois jours après le départ de Raymond quand il nous a dit, sans ménagements, qu'il ne reprendrait pas la ferme

— Oui. Il a parlé de vendre des tracteurs et qu'il en faudrait un ici.

— C'est ça. Je connaissais déjà ce qui se passait entre vous et je sentais que ça irait loin.

— Tu savais déjà papa ?

— Oui Germaine. Donc je ne voulais pas que la ferme soit vendue ou quitte la famille et j'ai demandé conseil au notaire.

— Tu as fait quoi avec lui ? demande Blanche

— Comme un genre de testament. Tant que tu travailleras ici Germaine, la ferme ne pourra pas être vendue et même ton frère n'y pourra rien.

— Mais oui, mais quand vous ne serez plus là ? Il pourra le faire?

— Je te dis tant que tu travailleras ici. Et même si ce sont tes enfants qui te succèdent.

Germaine reste immobile, pétrifiée par ce qu'elle vient d'entendre de la bouche de son père. Elle regarde Anthyme, Blanche, son père puis se met à crier :

— Papa tu as fait ça ! Mais mon frère...
— Ton frère porte le même nom que toi, mais il

n'est plus un homme de la terre, de notre terre.
– Oh ! Tu exagères !
– Non. C'est ce que je pense. Et dis-toi que c'est ton cadeau de mariage, hein Blanche ?
– Je ne peux rien dire de plus » répond-elle en pleurnichant d'émotion.
– Germaine c'est aussi ton cadeau de Noël que tu partageras avec Anthyme. Viens ici toi le futur homme de la Feularde.

Alphonse se lève en faisant tomber sa chaise puis tend les bras vers Anthyme, les deux hommes s'étreignent et Anthyme esquisse même un léger baiser sur la joue.

La messe des Rameaux voit toute la famille de la Feularde à l'église, même Anthyme y est aux côtés de Blanche et d'Alphonse. Avant de retourner à la ferme, ils vont déposer ensemble un brin de buis sur les tombes des grands-parents de Germaine et sur celles de ses deux frères. Elle s'est arrêtée devant le monument aux morts et y a mis aussi un brin. Anthyme suit en tenant Germaine par la main. Elle lui demande

– La tombe de ton père n'est pas ici je crois
– Non elle est à Bazoches, il était dans une ferme là-bas quand il est mort et le maire l'a enterré dans

le carré des indigents, personne de la famille n'a voulu donner un sou.

– On ira tout à l'heure avec le cabriolet. On lui mettra une pierre l'an prochain.

Les habitants ont remarqué la présence du berger toute proche de Germaine. Certains ne voyaient plus la voiture de Raymond traverser le pays le dimanche et les parlottes allaient bon train sur le coup de colère d'Alphonse et l'arrivée d'Anthyme dans la famille. Les femmes auront un sujet de discussion à la sortie de l'école en attendant leurs enfants. La question qu'elles se posent ce jour des Rameaux est la date du mariage. Ils l'apprendront lors de la messe de Pâques. Le père Rousseau, à la fin de cette grande messe de fête, a annoncé la cérémonie pour deux semaines plus tard.

Au lendemain de Pâques, les préparatifs commencent à la Feularde. Alphonse a fait venir Marcel pour qu'il organise le repas de ce grand jour. Avec Blanche, le charcutier fait d'abord le tour de la basse cour pour repérer les poules les plus grasses ainsi que trois oies. Il va ensuite voir si le cochon est de belle taille. Tous se retrouvent autour de la table de la cuisine. Marcel explique ce qu'il prévoit :

– Pour commencer le repas on fera une soupe à la volaille avec des champignons. Puis on pourrait avoir les poules au pot, leur jus de cuisson étant dans la soupe

– C'est une bonne idée » remarque Blanche

– Après ce seront les oies rôties avec du choux.

– Et le cochon

– Il sera à manger ensuite, nous serons à le griller au-dessus de braises. Au fait Alphonse as-tu des bûches bien grosses pour ça ?

– Il y en a pas loin de trois stères, et bien sec, dans le coin de la grange.

– Ce sera à vous de voir pour le dessert et la boisson.

– On a la semaine pour s'en occuper. Au fait Marcel tu as trouvé assez de monde pour t'aider ?

– Oui. Ce que je veux savoir maintenant c'est combien vous serez.

– Entre quatre vingts et cent. Mais il y a au moins une trentaine de gamins de moins de quatorze ans.

– Je vois ce qu'il faut que je prépare. Nous, nous serons une dizaine entre la cuisine et le service. Vous n'aurez que les tables à installer. Vous les mettrez où ?

– Sous le hangar. On va fermer avec des bâches en laissant un passage pour vous. Ceux qui viennent de loin auront un coin sous la grange pour dormir. Mais au fait Marcel, tout ça c'est pour le midi ?

– Oui mais vous en aurez pour au moins quatre heures pour tout manger.

— Oui mais le soir il y a les anciennes copines d'école de Germaine qui viennent avec leurs amoureux, ils seront au moins trente
— Je vais voir. Ils boiront plus qu'ils ne mangeront. Ça s'arrangera avec des terrines et du fromage. Ils ne seront là que pour danser et s'amuser.
— Oh...! j'ai oublié le violoneux !
— J'en connais un et c'est un accordéon qu'il a.
— Ah et c'est qui ce gars là
— C'est moi ! Tu le sais bien, je fais toujours chanter et danser quand le boudin est cuit quand on tue le cochon. Tu vieillis Alphonse.
— Oh ! Excuses moi, j'avais oublié. Je pense à tellement plein de choses. Bon je te fais confiance pour tout ça.
— Rassure toi Alphonse ça va aller.

Il ne reste plus qu'une semaine avant le grand jour. Blanche est partie à la ville avec Germaine pour sa robe. C'est la troisième fois qu'elles entrent dans la boutique de mode au coin de la grande place. Germaine vient pour vérifier si toutes les reprises ont été faites après les séances d'essayage. Elle est longue avec une traîne de plus d'un mètre et un voile qui descend jusqu'à la taille. Germaine ne peut se retenir de prendre délicatement la dentelle qui borde les manches et le cou avant d'enfiler cette tenue unique. La couturière de la boutique l'aide et ajuste en tirant sur le bas. Blanche est en admiration.

Germaine tourne sur elle même et se regarde dans la glace. Elle voit une belle mariée mais a du mal à comprendre que c'est elle. Quelques larmes coulent sur les joues. Une demi-heure plus tard tout est plié et rangé dans une grande boite en carton. Un ruban rose et blanc pour la maintenir fermée et une poignée pour la tenir : la mère et la fille repartent vers la gare pour prendre le train de retour avec le précieux colis.

Il est bientôt midi ce dimanche. Le mariage est pour la fin de la semaine. Un bruit de moteur de voiture se fait entendre sur le chemin de la Feularde. C'est sans doute ce qu'attend avec impatience et inquiétude Germaine.

Elle était allée avec Anthyme à Patay il y a un mois pour voir son frère. Ils avaient pris le cabriolet mené par Pierrot qui va bien maintenant. Germaine s'était dirigée droit chez le père Pousset, le patron de Raymond. Son frère était dans le bureau avec son patron quand elle est entrée. Il est resté bouche bée et immobile ne sachant pas ce qui se passait. Il a craint que sa sœur ne vienne pour une mauvaise nouvelle. Elle a traversé lentement le bureau sous les yeux du père Pousset qui l'a saluée faiblement. Germaine s'est arrêtée à moins d'un mètre de son frère qui ne savait pas quoi faire ni dire. Elle lui a dit d'une voix calme mais ferme :

– As-tu quelques minutes de libre, il faut qu'on parle.
– Heu, je ne sais pas, monsieur Pousset, je peux ?
– Oui, je sors, je vous laisse le bureau.

Le frère et la sœur sont face à face et c'est Raymond qui demande tremblant :

– Quel malheur est arrivé pour te voir ici ?
– Pas de malheur, un bonheur. Il faut qu'on parle de ce qui t'a fâché et fait partir à Noël.
– Sûr que j'étais en colère
– As-tu été voir le notaire ?
– Non
– Moi, si. Et ce n'est pas tout à fait ce que papa a dit devant toi. J'y suis allé avec Anthyme.
– Et alors ?
– Tu n'es pas déshérité du tout. Par contre je suis la patronne à la Feularde pendant dix ans au moins, ta part te reste toujours, ce n'est que tu ne peux pas en disposer si j'exploite.
– Je n'y comprends pas grand chose à ce que tu me dis.
– Pour moi il y a eu cette période de ton service militaire, tu n'étais pas là et on se débrouillait. Ensuite tu ne reviens pas et nous on continue à travailler dans le ferme. Sans toi.
– Oui, je commence à comprendre. Mais pour-

quoi tu me dis ça ici aujourd'hui.
— Deux semaines après Pâques je me marie. Et je te demande de revenir à la Feularde au moins pour cette journée là. Papa est vieux et ne réagit pas comme nous. Je ne m'occupe pas de ce qu'il pense, fais le pour moi.
— Et c'est avec Anthyme je suppose
— Oui. Il y a longtemps qu'on y pense tous les deux. Il est dehors avec le cabriolet.
— Va le chercher. Je vous attends

Germaine sort du bureau un peu inquiète et rejoint Anthyme dehors. Il était resté à côté du cabriolet. Elle l'invite à entrer pour voir son frère. En revenant ils croisent le père Pousset qui demande si tout va bien. D'un hochement de tête Blanche lui répond positivement puis continue et ouvre la porte du bureau. Le face à face entre Raymond et Anthyme ressemble d'abord au round d'observation de deux boxeurs au début d'un match. Raymond se décide à faire un pas et tend la main à Anthyme. Cette poignée de main se termine par une véritable accolade des deux hommes. L'atmosphère se détend et Raymond invite sa sœur et son berger à s'asseoir en face de lui. Chacun s'exprime sans animosité et Raymond accepte l'invitation de Germaine pour son mariage en lui disant qu'il viendra voir leur père avant pour essayer d'effacer ces quelques semaines de malentendus.

Germaine et Blanche sont sur le pas de la porte pour voir si c'est bien Raymond qui arrive. La voiture ralentit et entre dans la cour. C'est bien le fils qui arrive avec sa femme et leur fils. Il manœuvre pour être à l'ombre du hangar et descend. Il approche avec un air penaud. Il s'arrête à un mètre de sa sœur et de sa mère, les regarde dans les yeux et embrasse sa mère en lui parlant au creux de l'oreille pour s'excuser de sa réaction le jour de Noël. Il embrasse ensuite Germaine et demande où est Alphonse. Blanche lui dit d'attendre un peu et elle se dirige vers la voiture où était restée Paulette. Blanche fait comme si rien ne s'était passé et prend le petit dans les bras. Germaine et Raymond discute devant la porte tranquillement quand Alphonse arrive du potager. Il s'arrête et reste immobile droit comme un I à regarder son fils qu'il n'a pas vu depuis quatre mois. Germaine observe, Raymond fait un pas, s'arrête, refait un pas les yeux fixes, avance encore. Alphonse n'a pas bougé d'un millimètre, ouvre la bouche, rien ne sort. Il fait à son tour un pas, il tend le bras et s'écrie :

— Raymond ?
— Oui, papa. J'ai calmé ma colère. Je te demande pardon
— Je n'ai rien à te dire : tu es là, c'est le principal.
— Je viens voir si je peux aider pour samedi
— Aider non, être là ! Oui ! c'est sûr, il y aura ta place, et celle de Paulette.

Le père et le fils tombent dans les bras l'un de l'autre, s'étreignent quelques instants, reculent, s'écartent et entrent à la maison. Alphonse fait demi-tour et appelle Paulette et tout le monde pour s'installer ensemble autour de la table. Blanche ajoute les assiettes pour Raymond et Paulette et apporte la traditionnelle terrine de pâté que la famille entame toujours le dimanche. Les conversations sont calmes tout en étant animées. Le poulet, la salade et le fromage sont mangés et les assiettes propres. A ce moment Paulette se lève et dit qu'elle doit aller jusqu'à la voiture. Elle revient trois minutes après avec un carton dans les mains. Elle le pose au milieu de la table et l'ouvre. Tous font un Oh ! De surprise en voyant un grand mille feuilles saupoudré de sucre glace. Elle demande un long couteau et découpe une part pour chacun. Ce ne sont que félicitations pour l'idée de venir avec un gâteau et sur sa qualité. L'atmosphère est encore plus détendue.

Raymond entame la discussion sur le mariage de samedi pour savoir ce qu'il peut faire ou comment aider, s'il y a encore quelque chose à acheter. Germaine et Blanche le regardent et lui demande surtout de venir, et s'il le veut, il pourra apporter des bouteilles pour la soirée quand les jeunes seront là pour danser. Il est bientôt dix-huit heures quand la voiture de Raymond sort de la cour.

Ce samedi tant attendu, dès sept heures tout le travail de la ferme est terminé. Marcel est arrivé avec toute son équipe et commence les préparations du repas. Des voisins sont venus pour aider à la traite et soigner les chevaux, ils reviendront ce soir et resteront pour s'amuser. Anthyme a passé la nuit chez son oncle et il doit rejoindre la mairie directement à neuf heures quarante cinq. Germaine est dans sa chambre avec sa mère pour s'habiller. Dans la cour, Albert et Louis terminent la décoration du cabriolet. Un harnais avec des fleurs attend Pierrot pour que lui aussi soit de la fête. À la demie de huit heures, Paul, de la ferme voisine de Lislebout, arrive avec son char à banc pour transporter les invités. Il y a de tous les côtés des guirlandes blanches avec des fleurs. Les roues sont fleuries aussi. À huit heures trois quart, Germaine est presque prête et demande à sa mère à quelle heure arrive Raymond. Elle lui glisse à l'oreille qu'il a prévu une surprise pour l'heure de la mairie et qu'il ne viendra pas à la Feularde avant. Ça bouge dans tous les coins de la ferme, les cousins arrivés depuis un jour ou deux sont sortis de la grange où ils ont dormi et ont pris le petit déjeuner préparé par Gisèle aidée par une de ses sœurs. C'est un grand convoi qui se prépare : le cabriolet, le char à banc et deux gerbières sont à la queue leu-leu et attendent leurs passagers. Neuf heures voit les invités et la famille se réunir pour prendre place. Ils grimpent et s'installent en attendant de voir arriver Germaine. Celle-ci, enfin prête, monte dans le cabriolet aux côtés de sa mère et de son père. C'est Albert, en grand costume et chapeau haut de forme, qui prend les rênes et donne le top départ.

Au passage à niveau, Juliette a fermé les barrières, un train de marchandise est annoncé. Elle en profite pour venir voir Germaine et la féliciter. Les conducteurs du train, qui ne dépasse pas les vingt kilomètres-heure, ont vu le convoi de la mariée et freinent. Ils arrêtent la locomotive en plein dans le passage et donnent des grands coups de sifflets et lâchent des jets de vapeur. Un grand salut de la main avec leur casquette noircie par la fumée et le train repart. Germaine a fait des grands gestes pour remercier les cheminots. Il est neuf heures passé de cinquante minutes quand Germaine arrive devant la mairie. Sa mère lui demande de rester au fond du cabriolet et descend voir le maire qui attend sur le pas de la porte. La famille et les invités descendent aussi et viennent dans la cour de la mairie. Blanche est entrée à l'invitation du maire et se trouve face à Anthyme : elle ne l'a jamais vu habillé avec de beaux habits. Elle est surprise de voir que son futur gendre puisse être si beau ! Elle lui fait une bise et lui demande de patienter encore quelques minutes.

Alphonse entre à son tour, salue Anthyme et ressort. Il va au cabriolet et aide Germaine à descendre. La salle de la mairie n'étant pas très grande, seuls les témoins et quelques amis proches entrent. Il y a Raymond et Louis comme témoins pour Germaine et Roger de la Chenardière avec son frère pour Anthyme. Germaine cherche du regard Paulette. Elle est un peu inquiète de ne pas la voir. C'est trop tard maintenant pour poser des questions : monsieur le maire appelle les mariés et les témoins pour célébrer le mariage. Il n'y a pas de longs discours, seulement quelques remarques sur les rendez-vous d'une belle fille avec un amoureux toujours en pleine nature, des rendez-vous qui ont eu lieu à l'abri de tous les regards et qui voient aujourd'hui l'aboutissement d'une belle histoire. Après les signatures des registres les jeunes époux se montrent à la porte sous les applaudissements de la famille. Derrière la foule, Paulette fait un signe à Raymond avec le pouce semblant dire que tout est prêt.

Blanche retient un peu Anthyme tandis qu'Alphonse prend Germaine par le bras. Les témoins se mettent derrière et un cortège se forme pour aller à pied jusqu'à l'église. À l'entrée de l'église une centaine d'habitants attendent tous habillés de leurs plus beaux costumes ou habits. Pour la plupart d'entre eux, c'est un événement : c'est le premier mariage d'une fille de la commune, ou d'un garçon, depuis la grande guerre. Le père Rousseau attend à la porte qui est grande ouverte et accueille Alphonse et Germaine. Il les guide jusqu'au chœur et fait asseoir Germaine dans un beau fauteuil rouge. La famille se répartit ensuite sur les bancs des premiers rangs et sur les côtés du chœur. En quelques minutes l'église est pleine. Blanche attend que tous soient installés pour entrer à son tour avec Anthyme. Elle le guide jusqu'au fauteuil, rouge lui aussi, à droite de Germaine. Une dizaine de femmes accompagnées par quatre hommes et le bedeau à l'harmonium entament les premiers chants de cette cérémonie. La messe est ponctuée par les rites habituels jusqu'au consentement des époux. Anthyme est nerveux, Germaine de son côté a du mal à retenir quelques larmes. Les « oui » sont francs et entendus même au fond de l'église totalement silencieuse à cet instant. Germaine a relevé son voile le temps de ce consentement et de l'échange des alliances présentées par les enfants de chœur sur un coussin aux motifs dorés. Les mariés sont invités à se lever et le père Rousseau les guide jusqu'à la marche qui sépare le chœur de la nef et leur demande de faire face aux fidèles. Ceux-ci, déjà debout, viennent tour à tour féliciter les jeunes époux et les parents. Ce long défilé dure bientôt une demi-heure. Anthyme et Germaine répondent et souvent embrassent ceux qu'ils connaissent bien, surtout ceux qui étaient à l'école avec eux une douzaine d'années plus tôt. La foule s'est reformée dehors de chaque côté de la porte et attend la sortie des mariés. Une dizaine de gamins leur lance des pétales de fleurs et on entend des coups de fusils, des explosions de pétards et un clairon qui sonne. Un moment de joie pour le village. Germaine pleure de bonheur sous son voile, le relève et embrasse Anthyme devant tout le monde qui applaudit une fois de plus.

Le regard de Germaine se porte brusquement au delà des têtes des gens. Il y a quelque chose de bizarre au milieu de la rue et qui fait du bruit. Elle a déjà entendu ça, pas dans le village mais plutôt le jour de la louée à Patay. Ce n'est pas une voiture même si c'est bien un bruit de moteur qu'on entend. À ce moment Raymond s'approche. Il y a Paulette à son côté ainsi qu'Alphonse et Blanche. Paul et Roger sont juste derrière. Raymond vient devant Germaine :

– Germaine et Anthyme, vous avez maintenant en main la Feularde. Papa marche de plus en plus mal. Il ne peut plus faire grand chose. Louis marche moins vite. Albert sait bien mener ses attelages. Il vous manquera des mains pour continuer à travailler. Je ne suis plus avec vous pour le faire. J'ai pensé à votre avenir.
– En voilà un grand discours Raymond, tu nous caches quoi ?
– Suivez moi.

Raymond se retourne et avance en écartant les gens. Leurs têtes tournent au fur et à mesure que les mariés avancent. Germaine et Anthyme, de concert, poussent un cri de surprise : il y a devant eux un petit tracteur rouge tout décoré de fleurs et de rubans blancs. Les habitants qui avaient aperçu ce tracteur s'en approchent et font comme une haie d'honneur pour guider les mariés. Raymond se met juste à côté et annonce en direction des jeunes époux

– C'est mon cadeau. Je vous apprendrai à vous en servir.
– Non ! Tu n'as pas fait ça Raymond !
– Si. Et ne pleures pas.

Alphonse s'approche des jeunes et de Raymond. Blanche arrive aussi très émue. Paulette les rejoint. Le père et le fils se font face. Alphonse prend son fils dans ses bras et lui demande comment il a pu faire ça, et pourquoi.

– Papa, tu as pris une décision à mon égard. Tu sais que je vous aime tous et aussi la terre de la Feularde. Je veux que Germaine réussisse. Elle aura du mal a trouver et diriger des charretiers. Il faut avancer dans l'avenir et c'est le tracteur. J'ai tout arrangé avec le père Pousset. On apprendra à Anthyme à le conduire.
– Tu as de drôles d'idées
– Ça marche ailleurs. J'ai vendu des tracteurs dans

plus d'une vingtaine de fermes et tous en sont content. Tu le verras. Anthyme et Germaine approchez, il faut que je vous explique.

Germaine est maintenant le nez sur le tracteur tenant par la main Anthyme. Ils en font le tour une fois puis une deuxième. Les habitants et les invités font le cercle autour d'eux. Beaucoup n'ont jamais vu un tel engin et se demande comment ça peut aider dans la ferme. Raymond grimpe dessus en demandant à la famille de rejoindre leurs véhicules hippomobiles et de le suivre. Albert arrive avec Pierrot et le cabriolet et attend. Paul suit avec le char à banc. Le convoi est presque prêt. Raymond a sauté du tracteur et retient les mariés et les empêche de monter dans le cabriolet. Il fait des grands gestes et c'est Paulette qui arrive au volant de la voiture de son mari. Elle s'arrête devant les mariés et les invite à monter. Germaine grimpe la première, Anthyme plaçant sa robe blanche avec sa longue traîne puis s'installe à côté d'elle. Raymond reprend le volant du tracteur, donne un coup de klaxon et c'est un défilé de mariage original qui prend la direction de la Feularde.

Marcel et tout son personnel ont été surpris de cette arrivée sonore avec les klaxons de la voiture et du tracteur. Ce bruit inhabituel a fait beugler les vaches dans la pâture entre la ferme et le chemin de Puerthe. Les moutons dans le parc ont couru en tous sens avant de se réfugier dans le fond. Les moteurs ont été arrêtés, tout le monde est descendu puis s'est rapproché des tables.

Un photographe, venu de Patay, a installé des bancs devant le mur du four et de la laiterie. Il invite les mariés à y venir avec toutes leurs familles. Il faut plus de cinq minutes pour installer en alternance hommes et femmes, garçons et filles, les plus jeunes en haut, les plus petits devant.... Enfin le photographe annonce « Regardez le petit oiseau va sortir » en se cachant sous son drap noir. Un éclair de magnésium, et un deuxième pour être sûr puis le photographe libère tout le monde.

Il est déjà treize heures trente quand Marcel demande à ses serveuses d'apporter les premiers plats. Au centre de la table, Germaine et Anthyme mangent à petites bouchées, l'un donnant comme la becquée à l'autre, ils rient, s'embrassent de temps en temps, parlent avec Raymond ou Paulette, ils montrent leur bonheur. Entre chaque plat, Marcel respecte la demande d'Alphonse de servir un trou digestif qui doit faire de la place pour le plat suivant. C'est une petite goutte gouleyante mais qui chauffe aussi le corps. À dix-sept heures trente, une camionnette entre dans la cour. Tout le monde est surpris sauf Raymond et Paulette qui se lèvent et vont voir le chauffeur. Il n'est pas seul, un jeune est assis à son côté. Ils sont vêtus de blanc. Ils descendent, ouvrent l'arrière de la voiture et se penchent à l'intérieur. Raymond leur demande d'attendre un peu. Il revient vers la table des mariés et à la cantonade annonce « Il n'y a pas de repas de noces sans un bon dessert, le voici », le boulanger avec son apprenti prennent des précautions et sortent de la camionnette une pièce montée avec quatre étages et un couple en faïnce dessus. Le gâteau est amené sur la table. Marcel demande aux serveuses d'apporter la pile d'assiettes à côté pour servir les convives. Germaine se lève avec Anthyme à l'invitation du boulanger, ils se rapprochent et prennent le couteau que l'apprenti leur tend. Tremblants, ils coupent quelques parts du gâteau qui sont offertes aux parents et témoins. Ils reviennent à leur place et regardent les professionnels continuer le partage. Des bouteilles de cidre perdent leurs bouchons avec bruit sous les applaudissements de tous.

Une heure plus tard, quelques invités se lèvent et viennent voir les mariés avant de partir, le travail de la ferme n'attend pas. Germaine a quitté son voile depuis longtemps et Anthyme a même tombé la veste. Il n'est pas le seul à s'être mis à l'aise. Marcel vient voir Alphonse, lui dit quelques mots à l'oreille et s'en va vers la maison. Il revient cinq minutes plus tard, il a troqué la veste blanche de cuistot pour une veste en toile avec des couleurs vives et il a entre les mains ce que beaucoup attendent : son accordéon. Quelques notes. Les tables se vident, tous ou presque sont debout et commencent à danser. D'autres, avec les serveuses, déplacent les tables pour faire de la place. Les bancs sont posés devant pour les non-danseurs, ils profitent ainsi du spectacle. La vaisselle est empilée et emmenée à la cuisine pour être lavée. La grange se transforme en salle de bal. Ils sont une cinquantaine à valser ou à suivre des rythmes venus d'ailleurs comme le charleston. Les invités pour la soirée de fête arrivent à peine une heure plus tard et ce sont une vingtaine de couples supplémentaires qui occupent la grange. Anthyme et Germaine les reçoivent un par un : ils ont été une ou plusieurs années ensemble à l'école et ils voulaient tous revivre un peu ces moments d'insouciance de leur jeunesse. A quatre heures du matin, Marcel a rangé son instrument et les danseurs ont quitté le Feularde.

Le jour se lève en ce lendemain de fête. Le réveil est difficile pour beaucoup. Gisèle a travaillé avec Albert dans l'étable et ont terminé la traite. Le lait est rangé dans la laiterie. Blanche prépare le casse croûte du matin. Des têtes ébouriffées se montrent entre les bâches qui ferment la grange. Gisèle vient à la cuisine pour emmener les pichets de café et de lait sous la grange pour le petit déjeuner des cousins et cousines. Elle pose trois miches de pains frais et une belle motte de beurre. L'odeur finit de réveiller les fêtards.

À la maison la porte de la chambre s'entrouvre tout doucement. Germaine montre le bout de son nez. Sa coiffure est un vrai tas de chiffons. Elle a enfilé une vieille robe de coton aux couleurs délavées puis se décide à venir boire un bol de café. Anthyme arrive peu de temps après. Il vide rapidement son bol et sort. Il traverse la cour, prend le chemin sur la gauche et va voir ses moutons. D'un coup d'œil, il se rend compte que tout va bien et il revient à la maison. Les jeunes mariés retournent dans la chambre et s'habille comme il faut mais pour travailler, ce n'est plus la fête. Jusqu'à midi, ils tournent dans la cour et saluent les cousins et cousines qui sont ou mal rasés ou mal peignés. Ils ont tous des têtes à faire peur. Tous vont repartir par les trains du soir et demandent qui va les emmener à la gare. Anthyme les rassure, Albert a gardé le char à banc de Lislebout et les conduira avec Pierrot. Alphonse est resté au lit jusqu'à neuf heures. Il était resté jusqu'à trois heures du matin. Il baille et avance d'un pas hésitant en plus de sa difficulté à marcher.

Il faudra encore cinq jours pour que la Feularde retrouve son train-train. Pourtant tout change les semaines suivantes. Raymond a tenu sa promesse et il est venu avec un mécanicien du père Pousset. Il est resté toute une semaine pour apprendre à Anthyme à se servir du tracteur. Raymond a même fait livrer un canadien avec ses herses et des attelages pour adapter sur le tombereau ou les gerbières, le tracteur remplaçant alors les chevaux. Alphonse a discuté plusieurs fois avec son garçon et il a fini par comprendre comment il tenait toujours à la terre qui l'a vu naître et en même temps vivre ailleurs.

Germaine et Anthyme se marient

Epilogue

    Un bébé réclame son repas, Germaine arrive et le prend dans ses bras. Avec Anthyme ils ont appelé leur premier enfant Hubert en hommage au père d'Anthyme. Le petit garçon a de la puissance dans la voix du haut de ses trois mois.

    Blanche qui était au bout de la table regarde sa fille donner le sein. Elle n'y vient plus que dans la journée pour s'occuper, la vie de la Feularde ayant beaucoup changé depuis l'an passé.

    Alphonse en descendant un ballot de paille a fait une mauvaise chute et malgré tous les soins qu'il a eu, il est mort au bout de dix jours.

    Louis, handicapé par ses douleurs, aide à l'étable et à la basse cour. Il a toujours sa chambre au dessus de l'écurie.

    Albert est fidèle au poste avec les chevaux, par contre il n'y en a plus que quatre, le plus ancien étant Pierrot. Il travaille avec un attelage qu'il a dû former avec des percherons achetés à la foire de Chartres, fin novembre il y a deux ans.

Anthyme a cherché et trouvé un gamin, un hospitalier comme ils disent, un gamin de l'assistance, pour s'occuper des moutons. Anthyme mène les travaux de la ferme avec le tracteur de Raymond qui fonctionne sans trop de problèmes, et qui remplace bien plus qu'un attelage de trois chevaux.

Des travaux ont été faits dès le mariage : la petite grange au bout de la maison a été transformée en deux pièces à vivre. Une pièce pour la journée avec une cheminée pour pouvoir cuisiner et l'autre plus petite qui est devenue une chambre. Blanche y vit désormais seule.

Sous la grange, au fond, cachée par quelques ballots, la cabane de berger d'Anthyme est toujours là. De temps en temps, il y vient, s'assoit à la porte, se prend la tête dans les mains mais ne peut pas rester longtemps, les souvenirs remontent vite. Dans ce cas là, il va à la maison, il cherche Germaine, il la prend par la main et la guide jusqu'à cet endroit qu'ils ont connus tout gamins, quand elle était dans les champs gardée par les chiens : cette partie de leur vie qu'ils ne veulent pas voir disparaître.

La cabane est toujours au fond de la grange.

Nota : *Les dessins en fin de chapitres sont de l'auteur*

Depuis cette tranche de vie, le train en passe plus, il n'y a plus de barrières au passage à niveau, la maison de Juliette a disparu. Le monument aux morts est toujours honoré le 11 Novembre mais aussi le 8 Mai. Il n'y a plus de chevaux à la Feularde ni dans les autres fermes. L'électricité et l'eau courante ont changé la qualité de la vie dans ce coin de Beauce.

Un panneau indicateur peut vous diriger vers cette ferme qui a vu, selon moi, une tranche de vie du pays de Beauce se dérouler il y a presque un siècle.

Sommaire

Page 3   Préface

Page 5   Aux beaux jours

Page 21   Travaux d'été

Page 52   L'automne

Page 73   Raymond : le retour ?

Page 91   Trois ans plus tard, un berger...

Page 106   Les moutons seront-ils à la Feularde ?

Page 134   Un grand chambardement

Page 170   Épilogue

Autres ouvrages de l'auteur parus aux éditions Books on Demand :

2010 – Roman d'une vie en Beauce.
Prix du manuscrit 2009 du pays de Beauce et du pays Dunois.

2010 – La vie tout simplement. Poésies

2011 – Piaux d'lapin, Piaux !
Enquête policière humoristique en terre de Beauce Dunoise

2012 – Des ballades et des rêves. Poésies

2013 – Histoires extraordinaires de chez nous, en Beauce et ailleurs. Contes, légendes et histoires vraies.

2015 – Drôles d'histoires en pays bonnevalais.
Légendes ou histoires vraies autour de l'abbaye de Saint Florentin ?

2015 – Des ciboires, Léandre et autres découvertes.
Une nouvelle aventure de Léandre, le marchand de Piaux d'lapin.

2016 - Des mariages en Beauce.
Les discours de deux maires lors des mariages dans leurs communes

© André Lejeune.
Édition : BoD – Books on Demand
12/14 rond point des Champs Élysées. 75008 Paris
Imprimé par Books on Demand GmbH
Norderstedt. Allemagne.
ISBN : 9 782322 1 38722
Dépôt légal : février 2017.

Le code de la propriété intellectuelle n'autorisant, aux termes de l'article L122,5, 2° et 3° a, d'une part, que « les copies ou reproduction strictement réservées à l'usage privé du copiste et non destinées à une utilisation collective », et d'autre part, que les analyses et courtes citations dans un but d'exemple et d'illustrations, « toute représentation ou reproduction intégrale ou partielle faite sans le consentement de l'auteur ou de ses ayants droit ou ayant cause est illicite (article L 122,4)

Cette représentation ou reproduction par quelque procédé que ce soit constituerait donc une contrefaçon sanctionnée par les articles L 355-2 et suivants du code de la propriété intellectuelle.